Du même auteur :

Saga, l'ours de Dalécarlie - 2015
Tête d'Ampoule ! - 2016

Éditeur : BoD-Books on Demand, 12/14 rond point des Champs Élysées, 75008 Paris, France
Impression : BoD-Books on Demand, Norderstedt, Allemagne
ISBN : 978-2-322-08153-0
Dépôt légal : août 2017

Laure Malaprade

Métro
Place Monge

À Célia

*« Ayez plus d'espérance que de souvenirs ;
ce qu'il y a eu de sérieux et de béni dans
votre vie passée n'est pas perdu ; ne vous en
occupez donc plus, vous le retrouverez
ailleurs, mais avancez. »*

Vincent Van Gogh

Prologue

1

La porte a claqué, tout comme ses talons rageurs sur le carrelage de l'entrée. Mathilde n'habite plus avec nous depuis quelques années mais elle a conservé sa clé. Mathilde, ma jolie Mathilde, mon bébé devenu grand et dont je suis si fière. Guillaume et moi nous levons du canapé du salon pour aller l'accueillir.

« Comment ça s'est passé ? Qu'est-ce qu'il t'a dit ? »

Nous sommes impatients de connaître les conseils que lui a apportés l'avocat qu'elle vient de consulter. Mathilde lui a demandé un rendez-vous en urgence, après avoir reçu un courrier du tribunal l'informant que son père, qu'elle n'a pas revu depuis son adolescence, lui réclamait le versement d'une pension au titre de *l'obligation alimentaire envers les ascendants*.

Comment ose-t-il, lui qui ne lui a jamais manifesté la moindre attention, faire ainsi irruption dans sa vie ? Je suis profondément écœurée, je crois que je l'étranglerais de mes propres mains s'il était devant moi.

Mathilde prend le temps d'enlever son manteau, ses chaussures (elle a laissé ici une paire de chaussons), puis vient se laisser tomber lourdement dans le canapé.

« Ça va être difficile. Il est malade depuis plusieurs années et ne travaille plus depuis longtemps. Il a vraiment besoin d'aide. Mais me le demander à moi… Je trouve ça dégueulasse. Brutal. J'ai le droit de contester mais il faut que ce soit moi qui apporte la preuve qu'il a lui-même manqué à ses devoirs de père. Je vais le faire, mais ça va être long et pénible.

— On va t'aider, dit Guillaume. On est là. Il n'y a aucune raison pour que tu aies à supporter ça. »

Je serre Mathilde dans mes bras, elle tremble de frustration, son maquillage coule un peu.

« Guillaume a raison, dis-je en attrapant la boîte de mouchoirs en papier, ça ne sert à rien de te torturer, on va régler ça ensemble. Ton père se venge sur toi de l'emprise qu'il n'a plus sur moi. Je trouve ça minable. Et même s'il est réellement désespéré, tu es la dernière personne à qui il devrait demander de l'aide. Ça va aller. Tu veux rester ici ce soir ? »

Mathilde s'apaise un peu, Max et Eva, nos deux plus jeunes enfants, rentrent du jardin où ils jouaient et se jettent au cou de leur grande sœur. Guillaume s'éclipse vers la cuisine, son domaine réservé. J'ai confiance, je sais que ce qu'il préparera saura réparer, au moins un petit peu, le cœur brisé de Mathilde.

Bientôt, une odeur alléchante parvient jusqu'au salon, et Mathilde, curieuse, le rejoint. Comme toujours. Guillaume lui fait un clin d'œil appuyé, puis plaque un gros baiser sonore sur sa joue.

« Guillaume… C'est toi qui aurais dû être mon père.

– Ne t'en fais pas, va. Moi aussi je t'aime. Ça ira mieux demain. »

2

Aujourd'hui est le premier jour de ma nouvelle vie. C'est ce que je me dis depuis bientôt quinze ans. Quinze ans depuis que j'ai fui avec ma fille, emportant seulement les vêtements que nous portions, quelques dizaines d'euros patiemment économisés et dissimulés dans un flacon de produit nettoyant pour le four que j'avais caché sous l'évier de la cuisine. J'ai subi pendant douze longues années la hargne d'un mari méchant et pervers, que j'ai longtemps cru pouvoir ramener à la raison et à un peu de tendresse, jusqu'à ce que ma seule option ne soit plus que la fuite.

L'argent que j'avais économisé était destiné à lui faire une surprise pour son anniversaire, je ne savais pas encore quoi, mais je l'aurais choisie avec soin, pour lui faire plaisir, pour l'inciter à plus de douceur, pour lui montrer l'exemple. J'ai toujours été douce et aimante : plus Philippe était odieux avec moi plus j'étais câline et attentionnée. J'étais avec lui comme j'aurais voulu qu'il soit avec moi : il en était incapable. Quand j'ai enfin compris qu'en choisissant de vieillir auprès de cet homme-là je finirai desséchée, aigrie, frustrée et malheureuse, plus rien n'aurait pu me faire revenir en arrière. Il était trop tard.

Le divorce a été long et douloureux, Philippe nous a fait du chantage au suicide, mais j'ai tenu bon et j'ai bien fait, puisqu'il a finalement décidé de rester vivant. J'ai changé de vie, de ville, trouvé un travail ; j'ai eu aussi quelques aventures, histoire de vérifier que je n'étais pas aussi laide, inutile et sans intérêt que je l'avais presque cru pendant toutes ces années.

Pendant ma vie avec Philippe, je ne travaillais pas. Il attendait de moi que je sois une parfaite femme d'intérieur, à son service. Tout devait être à sa place, toujours la même, le dîner comportait une entrée, une viande, un accompagnement et du fromage, du vin aussi, une bouteille chaque soir. J'avais pris l'habitude de boire un ou deux verres de vin en dînant, pour aider le repas, qui me paraissait toujours trop copieux, à descendre, car Philippe exigeait que je mange avec lui – et surtout comme lui. Ces deux verres de vin m'embrumaient suffisamment pour me permettre de supporter l'ennui de la soirée, quand nous regardions à la télévision le programme que Philippe avait choisi et qui me plaisait rarement. J'aurais aimé lire, mais Philippe préférait, pour regarder ses émissions, que la télévision soit la seule source de lumière. Une fois j'avais osé me retirer dans la chambre, et il me l'avait violemment reproché : lui seul avait le privilège de décider de l'heure du coucher.

Philippe ne nous a jamais frappées. Pourtant, il régnait dans notre foyer un climat qui me laissait penser que cela pouvait arriver à n'importe quel moment. Rien n'était dit, tout était suggéré, si sournoisement que je me suis souvent demandé si ce n'était pas moi qui inventais tout cela, si ce n'était pas moi qui étais folle. La veille de notre départ, j'ai tenté, pour la centième fois, de lui dire que j'avais espéré, en l'épousant, autre chose que cette hostilité que je ne comprenais pas.

« Pourquoi restes-tu avec moi ? Est-ce que je te plais, au moins ? Est-ce que tu m'aimes ? Est-ce que tu pourrais, juste une fois, me prendre dans tes bras et me dire que tout va bien ? Que tu es fier de moi ? »

Philippe, tout en continuant à regarder l'écran de la télévision, m'avait répondu :

« Si je ne dis rien c'est que ça va. Je suis avec toi parce que c'est toi qui m'as dragué. C'est ce que tu voulais, non ? Et pour ce qui est de te prendre dans mes bras, ce genre de chose ne se demande pas ! Tu croyais au prince charmant ? Tu crois vraiment que les autres couples se font des câlins tout le temps ? Grandis un peu. Tu n'as plus quatorze ans. »

Je n'avais pu retenir mes larmes.

« Tout ce dont j'ai besoin, là, maintenant, c'est que quelqu'un me prenne dans ses bras et me dise que je suis jolie, que ce que je fais est bien. S'il te plaît. Serre-moi dans tes bras. S'il te plaît... »

Philippe n'a pas cédé. Il s'est mis en colère, puis m'a ignorée toute la soirée. J'ai pleuré la nuit entière. Je l'ai regardé dormir, étonnée qu'il puisse seulement y parvenir, après une telle émotion. J'ai regardé l'homme que j'avais cru aimer et me suis posé une question, une seule :

« Si je le rencontrais aujourd'hui, tel qu'il est maintenant, est-ce que cet homme me plairait ? »

Et je l'ai désaimé en un instant. J'étais enfin libre.

Guillaume est entré dans ma vie quelques mois plus tard : nous nous sommes rencontrés grâce à internet, par hasard, présentés virtuellement par une amie commune, avec qui nous sommes toujours en contact mais que nous n'avons pas encore eu l'occasion de rencontrer en chair et en os. Nous aurions pu nous rencontrer bien plus tôt, d'ailleurs nous nous sommes certainement déjà croisés, sans le savoir, il y a trente ans, il y a vingt ans, il y a vingt-huit ans. Nous étions voisins, trois petites rues parisiennes nous séparaient.

Nous nous sommes mariés, nous avons eu une fille, puis un fils. Guillaume a veillé sur Mathilde, l'enfant que j'ai eue avec Philippe, comme si elle avait été sa fille. Mathilde a tenté de se rapprocher de son père, plus tard, pour comprendre qui il était et parce que c'est son père, et que rien ni personne ne peut changer cela. Puis elle a décidé un jour de ne plus le revoir, de ne pas l'inclure dans sa vie.

Quand Mathilde parle de Guillaume et de moi, elle dit *mes parents*, elle n'a jamais précisé en aucune circonstance que son frère et sa sœur ne l'étaient qu'à demi : c'est *Max, mon petit frère* et *Eva, ma petite sœur*.

J'ai quarante-sept ans, mais ce matin j'en ai aussi dix-neuf.

Premier jour

3

Aujourd'hui est le premier jour de mon ancienne vie.

Ce matin, je me suis réveillée dans l'appartement de Philippe, aux côtés de celui qui deviendra un peu plus tard mon premier époux. Tout est exactement comme lorsque j'étais sur le point de quitter mon studio du cinquième arrondissement de Paris pour emménager avec lui. J'ignore si je rêve, pour combien de temps je suis là ou si je dois revivre encore toutes ces vingt-huit années... Je sais aussi que le jeune homme apparemment inoffensif qui dort encore près de moi est toxique, manipulateur et violent, mais qu'il me faudra encore plusieurs années avant d'en prendre pleinement conscience et oser enfin le quitter.

Je voudrais juste me rendormir et me réveiller dans mon lit, dans ma maison, près de Guillaume, de mes enfants, et oublier ce mauvais rêve.

Philippe dort profondément et c'est tant mieux. Je sors du lit, le plus silencieusement possible, je suis nue. Mon corps a dix-neuf ans. Un joli ventre encore plat, pas de vergetures, pas de cicatrice de césarienne, pas de petit cheval suédois tatoué sur ma cheville droite. Pas de douleur dans les épaules, pas de genou qui craque. Je cours à la salle de bains, je me regarde dans le miroir, je m'inspecte, plutôt. Ma peau est lisse, jeune, je n'ai pas de cheveux gris, mes dents sont encore à peu près blanches, l'ovale de mon visage est bien tendu et les pattes-d'oie que je commence à apprivoiser sont encore invisibles.

Il faut que je sorte d'ici, vite. Je n'ai aucune envie de parler à Philippe, je ne veux pas le voir, je ne veux pas faire semblant d'être sa petite amie, je ne veux surtout pas qu'il me touche. La simple pensée d'avoir avec lui le moindre contact physique me répugne. Je me glisse sans un bruit dans la chambre, récupère mes vêtements, il dort toujours profondément. Je m'habille dans la cuisine, j'ai trouvé mon sac à main sur la table basse du salon (le vert en simili cuir, hideux – je l'avais oublié celui-là !).

Je vérifie ce qu'il contient et y découvre les clés de mon studio, mon portefeuille contenant mes papiers d'identité et ma carte bancaire, cent huit francs et cinquante-cinq centimes dans un petit porte-monnaie, ma carte orange, deux paquets de Philip Morris dont un est entamé et un briquet.

Je quitte l'appartement de Philippe sans un bruit, referme délicatement la porte et sors de l'immeuble.

4

Le soleil brille dans un grand ciel bleu, l'air est doux, les arbres ont des feuilles vert tendre. On doit être au printemps. Avant de quitter l'appartement de Philippe, je n'ai même pas pensé à regarder par la fenêtre. L'odeur de Paris m'assaille, ça sent le béton chaud, les poubelles et les cuisines de restaurants.

Je reste là, debout, sidérée. Les voitures défilent devant moi, dans la rue, et bien que je n'aie jamais été capable de reconnaître une marque ou un modèle (la description la plus précise que je suis habituellement capable de donner c'est *la petite rouge*, ou *la grosse grise avec des barres de toit*), je vois bien que ce ne sont pas celles auxquelles je suis habituée. Leur forme est carrée. Très *années 80*. Les vêtements des passants aussi. Il faut absolument que je sache quel jour nous sommes. J'ai le réflexe de mettre ma main à ma poche pour y prendre mon téléphone portable... Non, bien sûr. Les objets ne voyagent pas dans le temps.

Les gens non plus !

Comment font-ils, habituellement, dans les films ? Je ne vois pas de marchand de journaux à proximité, pas de gros titres avec une date... Je vais demander à quelqu'un, je vais arrêter une personne et lui demander. Quelqu'un qui a l'air gentil. La dame avec la poussette.

« Excusez-moi, pouvez-vous me dire quel jour on est ?

– Le dix, il me semble ? Mardi ?

– Merci, mais le dix de quel mois, de quelle année ?

– Mai… Quatre-vingt-huit… Vous êtes sûre que ça va ? »

Je balbutie un remerciement et m'éloigne précipitamment.

Je dois trouver un refuge. Un endroit connu, familier. Quelqu'un qui puisse m'aider. Je dois mettre encore plus de distance entre Philippe et moi. Je sens les larmes me monter aux yeux, la panique me gagne.

La bouche de métro, de l'autre côté de la rue, apparaît brusquement comme une solution provisoire acceptable à mon besoin de fuite et je traverse en hâte, sans prendre garde aux flux des voitures. L'une d'elles m'évite en faisant un dangereux écart, me frôlant malgré tout. Je détale en courant, je l'ai échappé belle.

Je suis descendue au métro Place Monge, j'ai pris la rue d'Ortolan jusqu'à la rue Mouffetard, et je l'ai descendue presque jusqu'à l'église Saint-Médard. J'ai poussé la porte du numéro 124, monté quatre à quatre les cinq étages et j'ai glissé la clé dans la serrure de la porte de mon studio.

Rien n'a changé. La petite entrée qui donne sur une pièce à peine plus grande, le lino rouge, le canapé Ikea gris souris plein de taches, l'odeur de tabac froid, la machine à écrire électrique, là, sur la table, et le gros téléviseur cathodique acheté d'occasion pour lequel j'avais économisé plusieurs mois : j'ai l'impression de feuilleter un vieil album photo en trois dimensions.

En mai 1988, j'ai été victime d'un accident. On m'a dit que j'avais été renversée par une voiture, mais je n'en garde aucun souvenir. Le choc a effacé de ma mémoire les deux jours qui ont précédé l'accident. Du séjour à l'hôpital qui a suivi, je ne me souviens presque pas non plus. Quelques images décousues, tout au plus.

Ce que je crois commencer à comprendre est impossible, totalement saugrenu, mais c'est pourtant la seule explication qui me vient à l'esprit.

Je vais enfin récupérer ma mémoire. J'ignore par quel miracle, mais je suis ici, bien vivante. Quelque part, il était – ou sera – écrit que j'aurai besoin de ce temps-là, beaucoup plus tard, pour accomplir je ne sais quoi… cet accident, et surtout la perte de mémoire qu'il avait occasionné, était survenu pour m'en laisser le champ libre.

Il est neuf heures, nous sommes un mardi. Philippe a déjà dû quitter l'appartement pour se rendre à la gare. Lors de mon séjour à l'hôpital, il n'était venu me voir que le lendemain parce qu'il était en déplacement professionnel. Ça tombe merveilleusement bien. Je n'ai absolument aucune envie de le croiser.

J'essaie de réfléchir calmement, mais j'ai du mal à ne pas céder à la panique. Tout cela est tellement illogique…

J'aurais aimé me réfugier auprès de mes parents, leur demander de l'aide, mais comment leur expliquer ce que je ne comprends pas moi-même ? Et si je ne rêve pas, si je suis vraiment ici, et surtout maintenant, comment savoir lesquels de mes actes pourraient changer ce que je suis devenue dans vingt-huit ans ?

J'ai beau savoir que les années que je m'apprête à vivre seront pénibles, elles font partie de celle que je deviendrai, et que j'aimerai être au siècle prochain.

Et Mathilde… Si je ne devais trouver qu'une seule raison de ne rien changer, ce serait elle. Je me souviens, maintenant. J'ai découvert que j'étais enceinte quelques semaines après être sortie de l'hôpital, juste après mon accident. Nous en avions déduit que ma grossesse datait de juste avant, ou juste après mon hospitalisation.

Si ça se trouve, Mathilde est déjà là, toute petite, dans mon ventre… Mais si je ne suis pas encore enceinte, rien ne doit empêcher que cela arrive.

5

Mémé. J'ai besoin de voir ma grand-mère. Elle m'a tellement manqué... Il lui reste, aujourd'hui en 1988, encore cinq petites semaines sur terre. À la fin de sa vie, elle était capable de me raconter en détail des anecdotes de son enfance, mais n'avait aucune idée de ce qu'elle avait mangé au déjeuner... Un peu comme un ordinateur dont la mémoire serait pleine : ce qui est déjà stocké et classé fonctionne, mais la machine n'accepte plus de nouvelle entrée. Cela m'attristait autrefois, mais aujourd'hui c'est une chance : quoi que je lui dise, dès que je serai repartie elle l'aura oublié.

Ma grand-mère paternelle habite un modeste pavillon à Ivry-sur-Seine, dans la banlieue de Paris, construit au tout début du XXème siècle par mes arrière-grands-parents. Trois petites pièces, un confort sommaire, mais un très grand jardin qui donne sur le fort. Quand j'étais enfant, j'y ai passé toutes mes fins de semaine, les vacances scolaires aussi. Elle n'a eu que des garçons, son rêve d'avoir une fille n'a été exaucé qu'à la génération suivante : j'étais la première de ses petits-enfants. J'ai parfois ressenti une certaine culpabilité d'avoir avec elle cette merveilleuse relation – elle m'a tout donné, elle n'avait plus d'énergie pour mon frère et mes cousins… Moi, sa petite fille, j'ai été l'unique objet de son amour pendant toute mon enfance. À dix-neuf ans, je la voyais un peu moins souvent, tout accaparée que j'étais par mon indépendance fraîchement acquise, mais il m'arrivait parfois de prendre le métro jusqu'à *Mairie d'Ivry*, sur la ligne 7 – une dizaine de stations depuis la Place Monge, sans changement – pour passer quelques heures en tête-à-tête avec elle.

Après sa mort, la maison a été vendue et le nouveau propriétaire a fait de tels travaux qu'on ne la reconnaît plus. Je suis émue à l'idée de revoir cet endroit tel qu'il est resté, intact, dans mes souvenirs. Et j'ai peur aussi. Peur de ne pas voir ma grand-mère, que tout cela ne soit qu'un rêve, peur que cela ne le soit pas, et que je suis piégée dans les années 80, peur de ne pas comprendre à temps ce que je suis censée faire pour pouvoir repartir dans *mon* temps, peur de ne pas revoir mes enfants avant longtemps…

Bouffée de panique. Besoin d'air. Je quitte mon studio, descends quatre à quatre les cinq étages, salue machinalement ma voisine croisée au second. Arrivée dans la rue, je réalise après coup que j'ai dû la surprendre : nous ne nous parlions pas, nous nous ignorions superbement pour une raison dont le détail m'échappe aujourd'hui : une stupide querelle de voisinage.

Je suis assise dans le métro, c'est le milieu de la matinée et la foule des heures de pointe s'est dispersée depuis un moment déjà. À chaque station, je scrute les panneaux publicitaires, étonnée, émerveillée des souvenirs qu'ils éveillent en moi.

Je sais qu'elle sera chez elle, sa journée se déroule selon un emploi du temps immuable. Levée très tôt, elle part « en courses » vers huit heures du matin et en revient une demi-heure plus tard avec une baguette de pain et le *Parisien*. Ensuite, elle reste toute la journée assise dans sa cuisine, à lire ou à résoudre des mots croisés, à regarder un peu la télévision aussi. Quand le temps le permet, elle s'installe volontiers dans la cour et tricote en regardant les oiseaux. Mémé aime les entendre piailler et garde ses miettes de pain pour eux : ils lui tiennent compagnie. Elle est toute petite, toute ronde, elle a quatre-vingt-cinq ans et des lunettes à double foyer. Quand j'étais gosse, elle fourrait dans mes poches des *Malabars* et des pièces de cinq francs, puis posait son index bien droit sur ses lèvres et me chuchotait *« tu ne dis rien à ton père, hein ! »*.

Mairie d'Ivry. Je suis sortie à l'air libre. Peu de voitures dans la rue, la ville est calme, les odeurs sont moins pesantes qu'au cœur de Paris. La rue Robespierre est longue, j'ai un bon quart d'heure de marche devant moi. J'imagine que beaucoup de choses ont changé ici depuis toutes ces années, mais je n'y suis plus revenue après sa mort. Sa maison vendue, je ne pouvais supporter l'idée que quelqu'un d'autre qu'elle puisse occuper les lieux. Tout me paraît donc très familier, je marche, je reconnais les commerces, les noms des rues.

J'aborde la rue Jean Bonnefoix. Petite, je croyais que la maison avait été nommée à cause des nombreux insectes qui bourdonnaient dans le jardin. Ma grand-mère habitait au 10 bis, la petite fille que j'étais entendait « bizbiz » …

Un portillon en fer forgé, peint en vert, donne directement sur le trottoir. De l'autre côté, un escalier en béton longe le côté de la maison et monte jusqu'à une petite cour, depuis laquelle on accède à la maison par la cuisine. Le terrain est pentu, et le rez-de-jardin correspond à un premier étage, vu depuis la rue.

Joséphine – c'est son prénom – craint les intrus : le portillon est toujours verrouillé. J'appuie sur la sonnette et dans quelques instants je vais voir la fenêtre s'ouvrir, juste au-dessus de moi. Elle me lancera la clé et me rappellera, comme elle l'a toujours fait, de bien refermer le portillon.

« Tiens, c'est toi ? Mais qu'est-ce que tu fais là ? » Elle est tout sourire, elle m'a lancé la clé. « Tu refermes à clé, hein ? »

Je me précipite vers le portillon, je n'arrive pas à retenir mes larmes. Je viens de voir Mémé, j'ai entendu sa voix. La dernière fois, c'était il y a vingt-huit ans.

Je monte l'escalier, je suis si émue que j'en tremble. Je monte lentement, je sais qu'elle ne marche pas très vite et a besoin d'un peu de temps pour regagner la cuisine.

Elle est là, devant moi. Je me jette dans ses bras, je sens son odeur, je sanglote, je ne maîtrise plus rien. Je lui dis que je suis si heureuse de la voir, qu'elle m'a tellement manqué.

« Qu'est-ce qui t'arrive ma grande ? Assieds-toi. Raconte-moi. Il s'est passé quelque chose de grave ?

– Oui… Non… Mémé il faut que tu m'aides ! Il m'arrive quelque chose de fou mais si je te le dis tu ne vas pas me croire.

– Essaie toujours. Respire, prends un peu d'eau. Et raconte-moi. »

Et je lui raconte tout. Ces vingt-huit années, Philippe, Guillaume, les enfants que j'aurai bien plus tard et celle que je porte peut-être déjà. Les mauvaises années avec Philippe, les meilleures avec Guillaume. Ma présence ici, maintenant, l'accident que je n'ai pas encore eu, ces deux jours que j'ai devant moi, en tout cas c'est ce que je crois, Philippe qui revient dans la vie de Mathilde, ma panique, le monde qui a tellement changé.

Je crois que je prends un risque en lui disant tout ça, que je ne devrais pas, que ça pourrait changer ce qui ne doit surtout pas changer, mais je sais qu'il lui reste si peu de temps à vivre – ça, je ne lui dis pas – que cela n'aura certainement pas de conséquences, et que de toute façon elle ne me croira pas. Tant pis, les mots sortent les uns après les autres en un flot ininterrompu, j'ai besoin qu'elle m'entende, tant pis si elle croit que je me suis cogné la tête – d'ailleurs c'est certainement ce qui va m'arriver bientôt – je n'y arriverai pas sans aide. Paradoxalement, je suis complètement seule et démunie dans un environnement que je connais pourtant si bien.

6

« On s'installe dans la cour ? »

Joséphine nous a préparé deux *cafés* : de la Ricoré en poudre, du lait en poudre, du sucre en poudre dans un verre de cantine, avec de l'eau tiède directement tirée au robinet de la cuisine.

La cour est un petit espace bétonné, séparant la cuisine du jardin. Elle est encombrée de dizaines de pots de géraniums à l'odeur entêtante. Je m'installe docilement sur le banc vert, dont les écailles de peinture filaient mes collants en nylon, il y a vingt-huit ans. J'allume une cigarette, machinalement, et elle me regarde avec surprise :

« Je ne savais pas que tu fumais.

– J'ai commencé à dix-sept ans. Je n'ai jamais arrêté ensuite. Mais ce n'est pas important maintenant. Je ne sais pas quoi faire. Qu'est-ce que je dois faire ?

– Je n'en sais rien. Ça me semble délirant, mais je te crois. Tu as l'air sincère. Je te connais. Je sais que tu ne t'amuserais pas à inventer une histoire pareille. Enfin, si peut-être. Tu as toujours eu beaucoup d'imagination... Mais là, quand même !

– Je te jure que je n'invente rien. Ou alors je suis en train de rêver mais ça paraît tellement réel...

– Bon. Alors si tu veux repartir dans ton temps, il faut que tu commences par comprendre pourquoi tu es ici, maintenant. Tu me dis que dans tes souvenirs tu avais eu un accident ? Et que tu ne te souvenais pas de deux jours entiers ?

– C'est ça. Depuis ce matin, au réveil. Et j'ai repris connaissance deux jours après. Nous sommes mardi 10, j'ai jusqu'à mercredi soir, peut-être même jusqu'à jeudi matin. Je ne suis pas sûre.

– Tu sais, ce qui est important dans un voyage, c'est où tu vas, mais aussi d'où tu pars... Le moment de ta vie à partir duquel tu es partie a certainement son importance aussi. Réfléchis. Que s'est-il passé juste *avant* ton départ ? Ou bien quelque chose était-il sur le point d'arriver ? Repasse-toi le film. Image par image. Tu vas trouver. »

Je me souviens m'être couchée auprès de Guillaume. Max et Eva dormaient déjà. Nous avions discuté, tard dans la nuit, avec Mathilde qui avait renoncé à rentrer chez elle et s'était installée pour la nuit dans la chambre d'amis. La soirée avait été paisible, malgré les inquiétudes de ma fille concernant son père. Guillaume avait su, comme toujours, être rassurant comme un père se doit de l'être, comme Philippe ne l'avait jamais été.

« Est-ce que l'un de vous a dit quelque chose de particulier, d'inhabituel ? » a-t-elle demandé.

Rien d'inhabituel, non, bien que la situation soit inédite. Nous avons dit à Mathilde que nous la soutiendrions, bien entendu, et cela, nous n'avons que rarement eu l'occasion de lui dire, tout simplement parce que la situation ne s'y prêtait pas. Cela dit, je suis certaine que Mathilde n'a jamais douté que ce serait le cas, s'il était besoin. Nous lui avons répété que nous l'aimions, et qu'elle pouvait compter sur nous.

Oui, mon retour en arrière est certainement lié à la réapparition de Philippe dans la vie de Mathilde, mais je ne vois pas comment ce que je pourrais faire ici et maintenant – avant sa naissance et peut-être même sa conception – pourrait y changer quelque chose.

Je me lève, prends les verres vides et les ramène dans la cuisine. Je les pose dans l'évier, unique point d'eau de la maison, si ce n'est le robinet extérieur qui sert pour l'arrosage des fleurs ou pour le remplissage de la piscine gonflable que mon père installait chaque été dans le jardin. La cuisine est carrée, encombrée, mal agencée et pas pratique. Les murs sont peints en orange et la toile cirée, sur la table poussée contre le mur, est poisseuse. Face à la porte qui donne sur la cour, posée sur le réfrigérateur, trône une télévision qui me paraît aujourd'hui bien petite, mais qui, pour l'année en cours, fait partie des gros modèles. Joséphine a l'habitude de s'installer dans un fauteuil placé à droite de la porte, devant la table. C'est *sa* place. Face à elle, un autre fauteuil, en plastique tressé – imitation rotin – inoccupé depuis de nombreuses années, fut celui de mon grand-père. Il avait installé, au-dessus de la tête de son épouse, un miroir lui permettant de voir la télévision, dans son dos. Le miroir y est toujours.

Je m'avance plus profondément dans la maison, dans un couloir assez étroit qu'on appelait *l'entrée*. L'entrée en avait été une autrefois, jusqu'à ce que la porte principale soit condamnée et réduise cet espace à une sorte de cagibi. L'accès, aujourd'hui, ne se fait plus que par la cuisine. Le reste de la maison se limite à trois chambres : celle de ma grand-mère et celle de mon oncle donnent sur la rue. Daniel vient à peine de quitter la maison maternelle, à presque trente ans, et l'immense piano à queue qui y occupe tout l'espace est trop grand pour son nouveau logement.

De l'autre côté du couloir, à côté de la cuisine, la troisième chambre était autrefois celle de mon grand-père. C'est là que je dormais quand je restais pour le week-end. Je ne l'ai que peu connu, je n'avais que sept ans à sa mort et il a passé les deux ou trois dernières années de sa vie à l'hospice d'Ivry.

J'entre dans la chambre. Déjà en 1988, c'était un lieu d'un autre temps. La décoration était restée inchangée depuis des dizaines d'années. Tout y est : le lit en fer, le couvre-lit en patchwork, la bassine et le broc sur la desserte en marbre… Des photographies sépia encadrées sont accrochées aux murs. Mon grand-père jeune, mon père bébé, ma grand-mère adolescente. Je n'avais jamais réalisé à quel point Mathilde lui ressemblait.

Je retourne dans la cour, elle me sourit. Combien de fois j'ai rêvé de ce sourire, après sa mort ! À nouveau l'émotion me submerge.

« Mémé, il faut que je te demande quelque chose… Ne le prends pas mal mais tu sais que tu oublies parfois des choses et…

– Je sais. Parfois j'oublie. Souvent, la plupart du temps même. Et quelquefois non.

– Justement. Si après ces deux jours tu te souviens de ce que je t'ai dit, quand je serai redevenue *moi* de dix-neuf ans, s'il te plaît ne m'en parle pas. N'en parle à personne. Je ne voudrais pas que cela puisse changer quelque chose qui ne doit pas être changé. Je dois vivre ces années avec Philippe, même si elles seront difficiles. Parce qu'elles sont nécessaires à mon histoire, à ce que je serai plus tard. Je dois avoir Mathilde. Je ne pourrais pas supporter de ne pas avoir Mathilde !

– Parle-moi d'elle. Comment est-elle ?

– Belle. Intelligente. Douée. Têtue. Drôle. Casse-pied !

– Comme toi… Elle te ressemble ?

– Oui, plutôt. Mais c'est difficile d'être objective. On me dit souvent qu'elle me ressemble. Et je viens de revoir la photo de toi, tu sais celle qui est au mur dans la chambre de Pépé… Elle te ressemble aussi, beaucoup. Elle est aussi grande que moi, un peu plus brune et un peu plus bouclée. Elle a de grands yeux verts. Mais la ressemblance c'est aussi une question d'environnement. Pas seulement les gènes… Il y en a même qui ont trouvé qu'elle ressemblait à Guillaume ! »

Elle ne dit plus rien. Son sourire a disparu. Elle me fixe, semble réfléchir.

« Qu'est-ce qu'il y a ? C'est normal, tu sais… Elle a passé plus de temps avec lui qu'avec son propre père. D'ailleurs elle lui dit souvent qu'il aurait dû être son père. Elle lui a même redit juste avant que… »

Et brutalement, je comprends. C'est une certitude absolue, une évidence. Je sais ce que j'ai à faire.

7

J'aurais aimé rester avec ma grand-mère sans me préoccuper du temps. J'aurais voulu rattraper ce manque que j'ai d'elle... Deux jours n'y auraient pas suffi. Je ne la reverrai qu'une seule fois avant sa mort. Elle n'a jamais su que Mathilde allait naître – je l'ignorais moi-même alors – sauf si sa mémoire incertaine lui a laissé une trace de notre conversation d'aujourd'hui.

Je l'ai serrée dans mes bras, je suis restée contre elle de longues minutes. Je n'aurai certainement pas le temps de revenir ici avant la fin de mon *voyage*. Comme autrefois, elle m'a regardé partir depuis la fenêtre, après avoir récupéré la clé du portillon – j'ai bien refermé derrière moi – grâce à une pince à linge accrochée à une ficelle dont elle tenait l'extrémité.

J'ai pleuré en marchant jusqu'au métro, de joie de l'avoir revue et de tristesse de devoir à nouveau la quitter. De crainte aussi, peut-être, d'échouer dans ce que j'ai compris devoir accomplir.

Il est quinze heures trente lorsque je remonte à la surface. Je traverse la rue Monge, et m'installe à la terrasse du café qui fait l'angle avec la rue Larrey. La terrasse est juste contre le numéro 23.

Je connais bien cette adresse, ou plutôt je la connaîtrai bien, dans quelques années. C'est là que nous viendrons souvent saluer le père de Guillaume. Aujourd'hui, c'est encore l'appartement familial, où vit mon futur époux, sa jeune sœur et ses parents. Je n'aurai jamais l'occasion de rencontrer sa mère, emportée par la maladie en 1990.

Je commande un café et reste un instant abasourdie par le prix que m'annonce le serveur. J'avais oublié à quel point tout a augmenté depuis mon adolescence.

Je n'ai jamais eu mes habitudes dans ce café, bien qu'il fût proche de chez moi. C'est un avantage parce que je ne veux pas être distraite, je veux pouvoir observer l'entrée du 23 tranquillement. Heureusement je suis sur le petit côté de la terrasse, rue Larrey. L'autre côté donne sur la rue Monge qui est beaucoup plus passante.

Guillaume a échoué au bac l'an dernier et il redouble sa terminale. Il est inscrit au Lycée Henri IV et devrait finir ses cours dans les deux prochaines heures. En restant à mon poste d'observation, j'ai une chance de le voir passer, s'il rentre directement chez lui…

Heureusement que l'air est doux, car je ne sais pas combien de temps cette attente va durer.

J'essaie de me souvenir de tout ce que Guillaume m'a raconté sur cette époque, quelles étaient ses habitudes, ses amis. Nous en avons souvent parlé, étonnés de réaliser à quel point nous avions été proches sans jamais nous rencontrer. Nous ne fréquentions pas les mêmes cafés : il était plutôt flipper et babyfoot quand je traînais dans les pianos-bars. Il m'a souvent parlé de la place de la Contrescarpe, où je passais souvent, mais sans m'y arrêter.

En ce temps-là déjà, je jouais du piano, je n'étais certes pas virtuose mais me débrouillais suffisamment bien pour que l'on me remarque. J'avais quelques notions de jazz, et il m'arrivait de remplacer au pied levé un pianiste absent, dans l'un des nombreux restaurants de la rue Mouffetard qui accueillaient des musiciens. Le jazz est un milieu plutôt masculin, et la jeune fille que j'étais faisait son petit effet.

Guillaume m'a dit un jour qu'il ne m'avait certainement jamais entendu jouer à l'époque parce qu'il m'aurait, lui aussi, remarquée, et s'en serait souvenu. Et que si je jouais aussi bien que je le ferai dans vingt-huit ans, il serait tombé amoureux sur-le-champ.

J'allume une cigarette en sirotant mon café, et je sais une chose : je suis ici pour réaliser le vœu de Mathilde. Elle a souvent dit à Guillaume qu'elle aurait voulu qu'il soit son père, mais qu'elle l'ait redit lors de notre dernière soirée prend tout son sens. Si Guillaume est son père, Philippe n'a aucune prise sur elle.

Il me reste une soirée et un jour pour séduire Guillaume et faire de lui le futur père de Mathilde. Je n'ai pas le droit d'échouer.

Je n'ai aucun plan. J'attends de le voir. Il faudra que je l'aborde, sans l'effrayer. Le Guillaume d'aujourd'hui m'est un parfait inconnu. D'ailleurs, il le dit lui-même, l'adolescent qu'il était, longtemps avant que nous nous rencontrions, était juste un *petit con* parmi tant d'autres. Je ne sais pas comment séduire un petit con ! Devrai-je jouer un rôle, être moi-même ? J'ai su le séduire dans quinze ans mais sera-t-il sensible à mon charme aujourd'hui ? Guillaume, *mon* Guillaume, aide-moi. Comment dois-je m'y prendre ?

Et brusquement il est là. Il marche sur le trottoir d'en face. Je le reconnais ! Il ressemble à Max... Non, c'est Max qui lui ressemble. Il a de longs cheveux frisés, à la mode Hard Rock. Il porte un jean trop serré, des Converses bleu marine et un blouson type *Bombers*. J'ai envie de pouffer de rire. J'avais pourtant vu des photos de lui et je savais à quoi m'attendre...

Il traverse la rue, face au numéro 23. Je me lève de mon siège. Au même moment la porte s'ouvre et une femme d'une quarantaine d'années en sort, accompagnée d'une fillette.

« Ah, Guillaume, tu es là. J'emmène ta sœur à son cours de danse, je suis de retour dans deux heures.

– D'accord. À tout à l'heure. »

Et il est entré. La porte s'est refermée. Trop tard. Je n'ai pas bougé, sidérée de voir en chair et en os cette belle-mère que je n'ai jamais connue.

Mon ventre se noue, j'ai trop chaud, je ressens des picotements dans mes joues et mes mains. C'est une bouffée de panique, d'adrénaline. Je n'y arriverai pas. Je vais rester coincée ici. Mathilde n'existera jamais.

Non. Je le refuse. Il faut que je réfléchisse de façon rationnelle, bien que la situation ne le soit pas du tout. Et si finalement rien ne devait changer ? Si rien n'avait à changer ? Mathilde est, et a toujours été la fille de Guillaume et je suis ici maintenant pour établir ce qui est déjà et en prendre pleinement conscience. Je ne peux que réussir. C'est déjà écrit.

Je prends mon sac que j'avais posé sur le siège à côté du mien, je me lève et me dirige vers la porte de l'immeuble. Guillaume est seul chez lui, je le sais. Sa mère et sa sœur sont sorties pour un moment et je sais que son père a toujours travaillé tard. Il y a peu de chances pour qu'il soit à la maison en plein milieu de l'après-midi.

J'appuie sur le bouton de l'interphone et j'attends. Il faut que je le voie. Je vais improviser.

« Oui ?

– Guillaume ? Tu peux descendre s'il te plaît ?

– C'est qui ?

– C'est Emma. J'ai besoin de te parler, tu descends ?

– Heu… Emma ? Je… te connais ? »

Il faut que je trouve une réponse plausible. Guillaume, comme beaucoup de jeunes à l'époque, s'est essayé à plusieurs instruments de musique. Il n'était pas franchement doué, et a complètement abandonné l'idée d'en jouer depuis. Il a toutefois conservé une guitare sur laquelle Max tente aujourd'hui de plaquer quelques accords maladroits.

« Non pas encore. Mais je connais Alexandre, et il m'a dit que tu jouais de la batterie. C'est de ça dont j'ai besoin de te parler. »

Je n'ai pas menti. Je connais Alexandre, bien que tout comme Guillaume, lui ne me connaisse pas encore. Guillaume et lui sont camarades de lycée. Ils se perdront de vue pendant de nombreuses années avant de se retrouver virtuellement grâce aux réseaux sociaux. Nous nous sommes rencontrés une fois, avec enfants et conjoints, avant qu'il ne quitte la France pour le Québec où a grandi son épouse.

« Ah, d'accord. Heu… J'arrive. »

Je jubile, satisfaite d'avoir franchi la première étape. Je vais découvrir Guillaume tel qu'il est aujourd'hui. Je suis fébrile et intimidée. Oui c'est le mot, intimidée. Parce que c'est lui, parce que c'est *mon* Guillaume, parce que c'est notre tout premier rendez-vous, et que la première impression doit être la bonne.

Une idée me traverse l'esprit, dérangeante. Je me sens tout à coup très mal à l'aise mais je n'ai pas le temps de développer ma pensée : la porte s'ouvre, Guillaume est devant moi.

Il plisse le front d'un air interrogateur et son « salut » sonne comme une question. Il reste à la porte qu'il maintient ouverte avec son pied.

« Salut Guillaume. Je suis désolée de te déranger chez toi, Alexandre m'a montré ton immeuble il y a quelques jours. Je voulais t'attendre à la sortie du lycée mais on m'a dit que tu étais déjà parti. Alors je suis venue ici... Comme c'est un peu urgent...

– Tu me parlais de batterie ?

– Oui. Je joue du piano de temps en temps dans les bars du coin et je cherche quelqu'un pour mettre un peu de rythme.

– Et Alexandre t'a dit que je jouais de la batterie.

– Ce n'est pas vrai ?

– Si, si... comme ça, pour m'amuser. Mais de là à jouer dans les bars !

– Tu sais je n'ai pas un gros niveau non plus, et il suffit juste de marquer le rythme. Pas forcément sur une grosse batterie. Une caisse claire et une cymbale suffisent.

– Et tu joues quoi, comme style de musique ?

– Plutôt jazz. Et des reprises. Enfin de la musique de bar, quoi. »

Guillaume a l'air de douter, d'être pris de court.

« Écoute, je ne sais pas si…

– On peut juste faire un essai, et tu décideras ensuite. Juste un essai.

– Oui, pourquoi pas. Tu peux demain ? L'après-midi ? Je n'ai cours que le matin. »

J'acquiesce et commence à fouiller dans mon sac à la recherche de quelque chose pour noter mon adresse. Sans succès. J'ai gardé le ticket de caisse de mon café qui pourra faire l'affaire mais je n'ai pas de stylo.

« Tu as de quoi écrire ? »

Guillaume fait non de la tête.

« Attends », dis-je en me précipitant vers la terrasse du café où je fais mon plus joli sourire au serveur en lui empruntant son Bic.

« Voilà, je t'ai mis mon adresse. Et mon numéro de téléphone aussi, au cas où. À quelle heure tu peux venir ?

– En début d'après-midi… Quatorze heures, ça irait ? »

C'est parfait. Et maintenant je ne sais plus quoi dire. Je voudrais le garder plus longtemps près de moi mais je crains de paraître insistante.

« À demain, alors ? reprend-il.

– À demain… À moins que…

– Oui ?

– Je vais sûrement jouer un peu ce soir, rue Mouffetard. Tu peux venir ? Même si tu ne joues pas, ça te donnera une idée de l'ambiance, du style, tout ça…

– Je… sais pas… Je dois réviser. J'ai le bac dans un mois.

– Tu vas l'avoir, ne t'inquiète pas.

– Ça, tu n'en sais rien ! Je l'ai déjà raté une fois alors…

– Fais-moi confiance. Je sais que tu vas l'avoir. »

Il rit, me dit qu'il aimerait bien que j'aie raison, mais que ça ne se fera pas tout seul. Guillaume a eu son bac en 1988, puis s'est dirigé vers une école d'architecture. Aujourd'hui, il dirige son propre cabinet.

« Bon, j'essaierai. Mais je ne te promets rien. Sinon, à demain. »

Il m'a dit connaître le *Roi du café*, du moins savoir où il se trouve. Il n'y est jamais entré.

Le *Roi du café* fait l'angle avec la rue du Pot de Fer, pavée et piétonne. La rue Mouffetard est pavée elle aussi, mais les véhicules ont le droit d'y circuler. Cela dit, le soir, elle est tellement envahie par les promeneurs que beaucoup la croient interdite aux voitures, et peu nombreux sont les automobilistes qui osent s'y aventurer.

8

Je regagne mon studio à pied, le trajet prend à peine plus de cinq minutes en temps normal mais je flâne, je m'enivre de cette ambiance qui est restée, telle une photo fanée, le symbole de ma jeunesse. Tout est familier, les couleurs, les odeurs, les formes des voitures, des poussettes, les publicités, la manière dont les passants sont vêtus... Je ressens presque le goût de l'air dans ma bouche. Et c'est probablement le cas : mon corps est vingt-huit ans plus jeune depuis ce matin. Pendant toutes ces années il s'est forcément fatigué, usé, et même si je suis plutôt en forme à quarante-sept ans, j'ai certainement un peu perdu de mon audition parce que c'est dans la nature des choses, de mon goût et de mon odorat à force d'avoir trop fumé. Ma vue a dramatiquement baissé aussi, je ne me sépare jamais de mes lunettes, sans lesquelles j'évolue dans un épais brouillard... Aujourd'hui je ne les porte pas. Toutes ces dégradations se sont opérées si lentement que je n'en ai pas eu conscience.

Mais ici et maintenant tout me paraît plus net, plus précis, mes cinq sens sont en éveil total. J'ai l'impression d'être dopée tant je me sens bien dans ce corps. *Il faudrait être vieux avant d'être jeune*, ai-je lu un jour. C'est vrai, cela nous permettrait d'apprécier à quel point un corps jeune est parfait, confortable.

Je perçois mon reflet dans une vitrine et je me souviens de mes complexes d'adolescente. Je me trouvais alors trop grande, trop longiligne, sans formes féminines. J'avais parfois des douleurs dans le haut du dos à force de rentrer les épaules pour tenter de dissimuler une poitrine que je jugeais trop menue. Quelle idiote j'étais ! Je m'arrête, m'admire en pied dans la vitrine. Je suis absolument parfaite. Ravissante.

Oui, on devrait être vieux avant d'être jeune, car c'est à l'âge où l'on est censé conquérir le monde que l'on doute le plus. J'ai cet âge-là, mais aussi la confiance en moi, le sentiment de ne plus rien avoir à prouver que l'on acquiert avec les années.

Je suis invincible.

* * *

Je suis rentrée au studio. Ce soir c'est ma soirée. Je vais sortir, m'amuser, jouer du piano. J'espère que Guillaume viendra. Si je ne le vois pas au *Roi du Café*, il m'a promis de me rejoindre ici, demain. Pour ce soir, je ne peux rien faire de plus que d'espérer… Alors je décide que je suis en vacances en 1988 et je compte bien en profiter. J'ai quelques heures de calme devant moi, seule dans cette pièce unique, sous les combles, qui fut « chez moi », il y a si longtemps.

J'éprouve une drôle de sensation en fouillant les tiroirs, en ouvrant les placards, en découvrant tant de vêtements, d'objets que j'avais oubliés. Tout ceci m'appartient, mais je suis tellement différente de celle que j'étais alors qu'il me semble forcer l'intimité, trahir la confiance d'une amie très chère.

Si ces jours que je vis ont réellement déjà eu lieu, est-ce que je vais laisser des traces de mon passage ici ? Est-ce que j'en ai laissé ? Ne les ai-je pas vues ou bien simplement mal interprétées ?

Je me prépare un thé, j'ai trouvé une boîte de sachets d'Earl Grey dans la cuisine. Si je les avais comptés avant ma perte de mémoire, en aurait-il manqué à mon retour ? Si je me laisse une lettre à moi-même, ou quelque signe que ce soit bien en évidence, cela changera-t-il quelque chose ou pas ?

Si ces jours ont déjà réellement eu lieu, comme je le pense, il n'y a rien que je ferai qui puisse changer quoi que ce soit. Je doute pourtant. C'est tentant mais dangereux...

Je m'assois à table, sors un bloc de papier, un stylo à bille, et commence à écrire. Je détruirai la feuille ensuite mais j'ai besoin de mettre mes idées à plat, de trier toutes ces pensées contradictoires qui se télescopent.

9

Notes :

2 jours ?
*À **faire** : séduire Guillaume. Coucher avec lui, faire Mathilde.*
Éviter tout contact avec Philippe.
***Ne pas faire** : laisser des traces, risquer de changer l'avenir par rapport à 1988.*
***Faits marquants** de l'avenir ou choses n'existant pas encore en 1988 qui, si j'en parle, pourraient prouver a posteriori que je viens bien de 2017 :*
Les téléphones mobiles, bientôt
Internet
Facebook
France-Brésil, 3-0 en 1998
La guerre du Golfe
Microsoft, Apple – Bill Gates et Steve Jobs
Les tours jumelles, 11 septembre. 2000 ? 2001 ?
Le film Titanic, plein d'oscars
Les voitures électriques
Le mariage pour tous
Musique : le tube la Lambada en... 1989 ? 1990 ?

*Ce que je sais de **Guillaume** avant notre rencontre :*

A eu son bac en juin 1988

A perdu sa mère en 1990

Quelques petites amies pas importantes sauf Céline, avec laquelle il a vécu cinq ans (à peu près entre 25 et 30 ans)

Il a une cicatrice sur l'avant-bras droit, accident de scooter « quand il avait la vingtaine ». Peut-être l'a-t-il déjà, peut-être pas.

Parler de l'avenir à Guillaume ? Lui dire qui je suis ? Pourquoi je suis ici ?

Si je lui dis, lui demander de ne pas m'en parler, plus tard, quand on se rencontrera à nouveau.

Le malaise que j'avais ressenti en l'attendant, tout à l'heure, m'assaille à nouveau. Guillaume n'a jamais eu de perte de mémoire. Ces deux jours, il les a vécus et sa mémoire ne les a pas effacés. Ce que nous avons vécu ensemble, et que je m'apprête moi-même à découvrir maintenant, il l'a toujours su. Il ne m'a jamais rien dit. Je ne sais pas encore ce que je lui révèlerai de notre vie future, ou même si je lui en parlerai… Peut-être ne gardera-t-il pas de souvenir de notre rencontre parce qu'il n'y accordera pas d'importance. Peut-être…

Peut-être qu'il m'a reconnue, il y a quinze… pardon, dans treize ans, et qu'il a compris. Alors il aurait toujours su qu'il était le père de Mathilde ! Tout du moins peut-il avoir un doute raisonnable, il sait compter, il n'est pas idiot.

Il ne m'a jamais rien dit. Bien que je le comprenne, cette idée me dérange. Je croyais que Guillaume n'avait pas de secrets pour moi, et celui-ci est de taille ! Évidemment, s'il m'avait parlé de ces deux jours, du souvenir qu'il pourrait en avoir – parce que tout cela reste hypothétique – je ne l'aurais certainement pas cru.

Il n'a pas osé, pas voulu risquer de changer ce qui doit être. Comme je l'aime, comme il me manque, là, maintenant.

Mais peut-être que si, finalement ?

Si Guillaume savait, ou même seulement croyait, que j'allais un jour revenir dans notre jeunesse et le chercher, peut-être m'a-t-il donné des clés ? Peut-être que le fait que je le connaisse si bien, qu'il ait toujours ouvertement exprimé ses sentiments, ses goûts, ses dégoûts, est-il justement la raison pour laquelle je ne peux que réussir dans la mission que je crois devoir remplir ? Je sais comment être sa *femme idéale*. D'ailleurs ne m'a-t-il pas dit lui-même qu'il serait tombé amoureux de moi s'il m'avait entendu jouer du piano ? Et s'il l'avait dit intentionnellement ?

Perdue dans mes pensées, je n'ai pas vu le temps passer. Il est presque dix-neuf heures et je n'ai rien avalé de solide depuis ce matin. J'ai faim.

Dans le réfrigérateur, je trouve des tranches de jambon, des MaronSui's et une brique de jus d'ananas. Je les avale debout devant le plan de travail de la minuscule cuisine.

Je fouille ensuite les placards à la recherche d'une tenue pour ce soir. Pour plaire à Guillaume, tout du moins à *mon* Guillaume, je dois rester classique et mes goûts vestimentaires de l'époque n'allaient pas vraiment dans ce sens. Rien de ce que je trouve n'est mettable, selon mes critères d'aujourd'hui, mais je n'ai pas le choix. Je choisis finalement un tailleur parme que je me souviens avoir acheté pour me présenter à un job d'été et n'avoir porté qu'une seule fois.

Mes cheveux sont longs, souples, blond cendré. En 2017, je les porte courts et colorés d'une nuance légèrement plus claire que ma couleur naturelle : j'assume mal mes trop nombreux cheveux blancs.

Aujourd'hui je décide de les laisser libres. J'accentue leur ondulation avec un léger coup de fer à boucler sur les pointes. L'effet est magnifique !

Je me maquille également, mais je ne peux me résoudre à le faire à la mode des années 80 : je reste sobre et me contente d'un trait de crayon brun sur les yeux, d'un peu de mascara et de brillant à lèvres. Ma peau de pêche n'a pas besoin de fond de teint.

Brusquement, la sonnerie du téléphone me fait sursauter. Je me précipite hors de la salle de bain, et regarde l'appareil, désemparée. Pas d'affichage de l'appelant, bien sûr. Dans quelques secondes, si je ne décroche pas, le répondeur automatique se mettra en marche. C'est un répondeur physique, un boitier branché sur le téléphone, avec une cassette à bandes.

Je ne réponds pas et j'entends ma propre voix, si jeune, demander à mon correspondant de laisser un message.

« C'est moi. Pourquoi tu ne m'as pas réveillé ce matin ? Je n'ai pas pu te dire au revoir. C'est bizarre que tu sois partie comme ça. Tu vas bien ? Je suis à l'hôtel du Théâtre à Lyon, le même que d'habitude. Et toi ? Qu'est-ce que tu as fait aujourd'hui ? Rappelle-moi. »

Philippe.

Je ne veux pas penser à lui. Je l'ai oublié, effacé de ma vie depuis bien des années déjà, et je ressens cet appel comme une intrusion violente. Ma réaction est évidemment disproportionnée si l'on considère ce simple message téléphonique mais je ne peux simplement pas faire table rase de toutes ces années de servilité, de destruction et de harcèlement moral. Je vais sortir, je vais aller jouer du piano au *Roi du Café* et espérer voir Guillaume ce soir.

10

Trois cent cinquante mètres à peine séparent mon studio du *Roi du Café*. Une petite distance qui nécessitait parfois plus d'une demi-heure, car je connaissais chaque commerçant, chaque serveur de restaurant – grecs pour la plupart – et que je m'arrêtais presque à chaque adresse pour les saluer. Il est encore tôt et ils attendent le client, debout sur le trottoir devant leur établissement, proposant une soirée inoubliable aux passants en attrape-touristes experts qu'ils sont.

Je reconnais vaguement quelques visages, je leur souris en leur adressant un signe de la main, ils répondent à mon salut et je ne m'attarde pas.

« Emma ? »

Je me retourne et il me faut bien quelques secondes pour mettre un nom sur ce visage familier.

« Bonsoir, Emma. Je suis heureux de te voir. Tu m'as manqué. »

Milios. Un serveur grec, beau comme Mel Gibson à condition qu'il n'ouvre pas la bouche car ses dents sont déjà gâtées, fièrement coiffé de la même coupe que l'acteur dans le premier opus de *l'arme fatale*.

J'ai eu avec lui, un peu avant de rencontrer Philippe, une brève aventure qui ne m'a pas laissé un souvenir impérissable. Nous ne nous étions même pas quittés, Milios avait tout simplement disparu de la circulation au terme du remplacement qu'il effectuait au *Soleil de Corfou*. J'avais appris par un de ses collègues qu'il avait trouvé un emploi à Aix-en-Provence, et par la même occasion qu'il était marié, père d'un enfant, et qu'il m'avait menti sur son âge : il s'était rajeuni de dix ans. Et surtout, je ne l'avais plus jamais revu.

« Milios ?

– Oui, quoi, on dirait que tu ne m'as pas vu depuis vingt ans…

– C'est à peu près ce que je ressens en effet. Alors, c'était bien Aix-en-Provence ?

– Je vois que tu es bien renseignée, qui t'a dit que j'étais là-bas ?

– Peu importe. À partir du moment où tu n'as pas pris la peine de m'annoncer toi même ton départ, j'ai cherché l'information, et je l'ai trouvée. Et j'ai appris quelques détails en plus aussi. Si on s'était recroisés il y a vingt ans, comme ça, en pleine rue, je crois que je t'aurais fait une scène. Parce que j'étais vexée. Parce que tu m'as traitée avec désinvolture. Mais je t'avoue qu'aujourd'hui je m'en fiche. Ça ne compte pas, tu ne comptes pas. Il y a bien pire que toi, et je sais de quoi je parle. Tu es juste un *petit joueur*.

Je le laisse là, sans voix, et je continue mon chemin. Mais qu'est-ce qui m'a pris ? J'aurais dû l'ignorer, simplement. Je n'ai pas de comptes à régler avec lui. Avec personne, d'ailleurs, je suis en paix, même avec Philippe. C'est si loin tout ça.

J'arrive au *Roi du Café*. La nuit n'est pas encore tout à fait noire et quelques clients s'attardent en terrasse. Bientôt trop fraîche, elle sera désertée dès que les premiers accords de musique se feront entendre à l'intérieur du bar.

Trois ou quatre musiciens occupaient la scène à tour de rôle. Chacun prenait officiellement une soirée, mais il n'était pas rare que l'un des autres vienne soulager le titulaire du jour le temps d'un ou deux morceaux. Parfois s'improvisait un quatre-mains au piano, et si un musicien, dans l'assistance, avait apporté sa guitare, son saxophone ou ses baguettes – à côté du piano trônait une batterie sommaire – il était le bienvenu pour *faire le bœuf*.

Je jette un œil à travers la porte vitrée de l'entrée et reconnais le pianiste : un Sud-Américain au visage grêlé par une maladie infantile mal soignée. On m'avait expliqué, un jour, l'origine de ses cicatrices que j'avais jusqu'alors cru être les séquelles d'une grave brûlure.

J'ai beau fouiller dans les recoins de ma mémoire, je ne parviens pas à me souvenir de son prénom. Cet homme avait une capacité hors du commun : il pouvait tenir plusieurs heures sans relever les doigts du clavier, jouant les morceaux comme une radio, avec une sorte de *fondu enchaîné* entre chaque titre, qu'il interprétait tous dans la même tonalité, quel qu'en soit le style. En do pour les morceaux majeurs, en la pour les morceaux mineurs. Il était l'archétype parfait du pianiste de bar, totalement concentré sur sa musique et parfaitement indifférent au brouhaha ambiant, une bière tiédie par les heures posée sur le piano et un mégot depuis longtemps éteint vissé au coin de sa bouche. Il paraissait hors d'atteinte, son visage abîmé lui interdisait les expressions les plus sommaires. Lorsque cela était nécessaire, il balbutiait à peine quelques mots dans un français rudimentaire, avec un fort accent espagnol, ce qui avait généralement pour effet de couper court à toute tentative de conversation, son interlocuteur étant déjà fort mal à l'aise, perturbé par sa laideur. Si ce n'est sa relative maîtrise de son instrument – il était plutôt bon pianiste, mais certainement pas excellent – on l'aurait volontiers pris pour un attardé.

Il était tout le contraire. Venu en France pour y apprendre notre langue, il avait choisi d'y rester au terme de ses longues études. C'était un érudit, d'une culture générale exceptionnelle, particulièrement pour tout ce qui touchait à la littérature ou à l'histoire et il parlait un français bien plus châtié que beaucoup de nos compatriotes. Il préférait simplement observer plutôt que de participer au tourbillon parisien et devait certainement beaucoup rire, intérieurement, de la condescendance de ses pairs.

Je pénètre dans le bar enfumé. L'odeur du tabac froid m'assaille. Bien qu'étant fumeuse moi-même j'ai perdu l'habitude des lieux clos où la cigarette est autorisée. C'est une image d'un autre temps : sur chaque table les cendriers débordent et la salle est noyée dans un brouillard bleuté. Le piano est installé sur une petite estrade, coincée entre le mur et la rampe de l'escalier qui descend vers le sous-sol, il faut se faufiler entre les tables pour y accéder. Deux mètres de long pour un mètre cinquante de large, le piano et la petite batterie. On y tient à deux, et encore on joue des coudes.

Le pianiste m'a vue. Il m'adresse un signe de tête depuis le bar où il est en train d'engloutir un plat du jour avant de démarrer son set. Je me dirige vers lui, saluant au passage le serveur – Jean-Michel, il me semble – qui virevolte entre les tables, l'air débordé.

« Emma, tu veux jouer ce soir ?

– Peut-être plus tard. Pas tout de suite. J'attends quelqu'un. Enfin, j'espère. Je ne sais pas s'il va venir.

– Un amoureux ?

– Peut-être. On verra bien. Tu commences bientôt ?

– À neuf heures, comme d'habitude. Dans dix minutes. »

Je commande un *monaco* à Betty, la patronne, attrape un tabouret libre et m'installe à côté de lui. Je n'ai toujours pas retrouvé son prénom. Nous nous connaissons depuis un moment déjà, je venais presque tous les soirs au *Roi du Café*, peut-être un peu moins souvent depuis que j'avais rencontré Philippe. Avec moi, il parle bas, parce qu'il ne fait plus l'effort de feindre de ne pas maîtriser le français. Mais il reste discret, quand même.

Je sirote mon monaco en m'imprégnant de l'ambiance du lieu. Je suis émue. J'ai tellement aimé cet endroit. Lorsque Betty l'a vendu, quelques années plus tard, ça n'a plus jamais été pareil. Il n'y avait plus de piano. Je garde un œil sur la porte d'entrée, espérant y voir apparaître Guillaume.

« Abel, tu voudras un café après ton plat ? » demande Betty.

Abel, c'est ça. Son prénom était Abelardo, mais tout le monde l'appelait Abel.

Abel ne prend pas de café, commande une autre bière, se lève et l'emporte avec lui vers le piano. Il attrape sur une table un cendrier qu'il dépose à gauche du clavier, là où il y a déjà plusieurs traces de brûlures de cigarette. Il s'installe, règle le tabouret et commence à jouer.

Dès les premières notes, je réalise qu'il joue beaucoup moins bien que dans mon souvenir. J'étais jeune et très inexpérimentée. Je comparais son niveau au mien, encore très hésitant. J'ai commencé le piano toute petite, j'ai enchaîné les professeurs de classique de quatre à seize ans, pour ensuite m'intéresser au jazz, ses harmonies et son improvisation. Je me débrouillais, certes, mais à l'époque Abel jouait vraiment mieux que moi.

Je ne me suis jamais arrêtée de jouer. Aujourd'hui, vingt-huit ans plus tard, bien que je sois toujours loin d'un niveau professionnel, j'ai acquis une certaine expérience, à force d'entraînement, qui va forcément s'entendre si je me mets au piano. Quarante ans de clavier dans les mains, avec mon air de gamine à peine sortie de la puberté, ça risque d'être remarqué.

11

La porte d'entrée s'ouvre et quatre personnes entrent. Le serveur les place à la dernière table libre en salle. Les clients suivants devront se contenter de l'étage, certes confortable, mais trop loin du piano à mon goût. À chaque fois qu'un nouveau client se présente, j'espère voir Guillaume. Peut-être ne viendra-t-il pas…

Mon regard oscille entre le piano et l'entrée, et brusquement il est là, debout devant moi. Il est entré par la porte secondaire, à gauche du bar.

« Alors, c'est ici que tu joues ?

– Oui, de temps en temps. On me laisse m'amuser un peu, jouer quelques morceaux. Mais je voudrais le faire plus sérieusement. C'est pour ça que je t'ai contacté. J'aimerais proposer une vraie prestation.

– Tu as déjà joué ce soir ? Il est assez tard. J'ai failli ne pas venir, il a fallu négocier un peu… »

Je souris, j'imagine la scène : mon beau-père s'exclamant qu'il n'allait pas sortir maintenant, qu'il y avait cours le lendemain, que ce n'était pas sérieux. Et Guillaume le nonchalant qui promettait de ne pas rentrer tard, que ses devoirs étaient faits, que ça n'aurait pas de conséquences.

« Pas encore, non. Je t'attendais. Mais j'ai prévenu le pianiste que je lui piquerai la place pour un morceau ou deux quand mon invité sera là. Tu veux boire quelque chose ? »

Guillaume s'installe au bar, près de moi, et commande une bière. Mon monaco est à peine entamé, je n'ai pas soif et surtout, même si mon verre contient très peu d'alcool, je veux garder un contrôle total.

Il écoute le pianiste, le nez dans son verre. Je vois bien qu'il est mal à l'aise.

« Il joue bien…

– Pas mal. Ce n'est pas le meilleur mais ça le fait.

– Ça quoi ?

– Ça le fait. Ça fonctionne. C'est bien.

– Jamais entendu cette expression. Tu es de quelle région ?

– De Champagne. Je veux dire d'ici, mais on… je vais… je voudrais retourner… j'aimerais aller vivre en Champagne. »

Même pour le langage il va falloir que je sois prudente. Comme beaucoup j'ai parfois des tics de langage, reprenant à mon compte des expressions en vogue. *Ça le fait*, personne ne l'utilisait en 88. En tout cas, pas ici, dans ce quartier.

Guillaume et moi nous sommes rencontrés à Paris, mais avons rapidement déménagé pour la Champagne. Nous avions tous deux besoin de calme et d'espace, et notre maison dans les vignes a été un véritable coup de foudre. Pour rien au monde, aujourd'hui, nous ne reviendrions aux trépidations de la grande ville.

Mon Guillaume a quarante-sept ans. Le jeune homme assis à côté de moi n'en est qu'une ébauche imparfaite mais j'y pressens déjà l'homme que j'aime. Son sourire franc, ses grands yeux noirs, ses mains larges y sont déjà. Il enlève son blouson, le pose sur ses genoux. Il porte un T-shirt. *Pas de cicatrice sur l'avant-bras.*

« Tu as un scooter ?

– Non, pourquoi ?

– Pour rien. Je me demandais… comme ça. »

Guillaume secoue la tête en riant.

« Tu es… pas ordinaire ! »

Je ne sais pas quoi répondre, je souris bêtement. Heureusement, Abel me sauve la mise.

« Emma, je prends ma pause. La place est libre si tu veux. »

Je me lève et me dirige vers le piano. Avant de m'installer j'interpelle Guillaume :

« Tu ne te sauves pas, hein, promis ? »

Il répond par un sourire.

En attendant Guillaume, j'ai réfléchi aux morceaux que j'allais jouer. Plusieurs me sont venus à l'esprit, dans la liste assez exhaustive de ceux que je maîtrise suffisamment pour les jouer en public. J'ai rejeté ceux qui avaient été composés après

1988 et ai finalement porté mon choix sur deux standards de jazz : *Smile* et *I loves you Porgy*, respectivement tirés des bandes originales des *Temps Modernes*, de Charlie Chaplin, et de *Porgy and Bess*, de Georges Gershwin.

Je respire un grand coup. Cela fait bien des années que je n'ai plus joué dans un bar et bien que je sois plutôt confiante en ma performance à venir, l'assistance m'intimide.

Le pianiste Jacky Terrasson a enregistré en 2002 une version de *Smile* que j'adore, et je me suis entraînée longuement à en reproduire l'introduction et les improvisations.

Je me lance. J'ai si souvent joué à ce piano. Je reconnais son toucher, le la grave qui frotte un peu et dont la touche remonte plus lentement que les autres, la pédale qui grince. Être assise sur ce tabouret bancal, ici et maintenant, est une sensation indescriptible. Je ne ressens plus aucune appréhension, je jubile. Je souris béatement tandis que mes doigts courent sur le clavier. Je déroule les mesures avec assurance, j'oublie que j'ai dix-neuf ans, Guillaume est près de moi et il ne peut rien m'arriver. J'insère les notes travaillées de Terrasson à mes propres improvisations, je reviens au thème, j'ai fini, je m'arrête.

Je lève enfin les yeux et rencontre le regard de Guillaume. Je connais ce regard. Je sais que je l'ai conquis. Il faut que je retourne vers lui maintenant.

Pas la peine de jouer un second morceau. Il faut que j'aille vite le rassurer, parce qu'il pourrait prendre peur, se sauver, se sentir trop au-dessous du niveau qu'il m'attribue pour oser jouer avec moi.

Je n'en ai pas le temps. Alors que je suis sur le point de me lever Milios entre en rageant « ah tu es là, je t'ai cherché dans toute la rue ! » et je n'ai d'autre choix que de recommencer à jouer, pour me donner contenance : il n'osera pas monter sur l'estrade. Je joue *I loves you Porgy*, très lentement, dans une version fort inspirée de celle de Keith Jarret en 1999 sur l'album *The Melody at Night, With You*, inspirée mais si loin de la perfection absolue de l'original.

Milios est en colère. Je l'ai remis à sa place, publiquement, je l'ai atteint dans sa fierté de macho. Il a enfin repris ses esprits et tient à montrer qu'il est le mâle dominant. Abel se précipite vers lui pour tenter de le calmer, ils se connaissent. Je l'entends lui dire « laisse-la, pas ce soir, pas maintenant, elle n'a jamais aussi bien joué ». Je regarde Guillaume qui tente de comprendre ce qui se passe, son regard va des deux hommes au piano puis retourne sur la porte d'entrée vers laquelle Abel est parvenu à repousser Milios.

J'essaie de faire durer le morceau le plus possible mais je ne tiendrai pas longtemps. Trente ou quarante secondes tout au plus. Au moment où Abel entraîne Milios à l'extérieur, je termine, me lève brutalement, attrape Guillaume par le bras et cours vers la deuxième sortie, celle par laquelle Guillaume était entré un peu plus tôt.

« Viens, on s'en va » ai-je quasiment ordonné. Guillaume se laisse docilement entraîner. À peine sommes-nous dehors que j'entends Abel et Milios s'invectiver brutalement. Heureusement, les deux sorties du bar donnent chacune dans une rue perpendiculaire à l'autre, et ils ne peuvent pas nous voir.

« Guillaume, je suis désolée. Ce n'était vraiment pas prévu. Je l'ai croisé tout à l'heure, en venant ici. Je ne l'avais pas vu depuis près d'un an et il s'était mal comporté à l'époque. Je lui ai dit ce que je pensais de lui et ça l'a vexé. C'est tout. Tu me raccompagnes ? Je crois que notre soirée piano-bar est compromise… »

12

Nous marchons côte à côte en silence, descendant la rue Tournefort, parallèle à la rue Mouffetard mais infiniment plus calme.

Guillaume a toujours un vague sourire aux lèvres, ce sourire qu'il a quand il se sent bien et que j'ai souvent cru moqueur ou taquin au début de notre histoire.

« Tu joues… très bien ! Ça me donne vraiment envie d'essayer, mais je ne sais pas si… Tu sais, moi je débute. Vraiment.

– Merci ! Mais tu sais, j'ai joué mes deux morceaux *vitrine*, ceux que j'ai travaillés comme une dingue pour en mettre plein la vue. À ce niveau-là je tiens dix minutes. Même pas un quart de set. Le reste est beaucoup plus hésitant. Ce soir, c'était du bluff, en quelque sorte. Je ne t'ai pas encore entendu jouer mais je suppose qu'en t'entraînant beaucoup, tu pourrais faire un solo de batterie de quarante secondes qui ait vraiment de la gueule, non ?

– En m'entraînant jour et nuit, oui. Probablement. Oui.

– Eh bien là c'est pareil. J'ai beaucoup bossé. Mais ces deux morceaux ne reflètent pas mon niveau réel. J'ai un piano à la maison, tu verras, tu vas être déçu ! Tu veux monter un moment ?

– Écoute, pas ce soir. Mes parents m'attendent, j'ai promis de ne pas rentrer tard. Mais je t'accompagne jusqu'à chez toi, comme ça je saurai où c'est. Je reviendrai demain après-midi, comme on s'était dit. Promis.

J'ai envie de prendre sa main. Nous nous tenons toujours par la main quand nous marchons ensemble. Je voudrais sentir ma main dans la sienne, poser ma tête au creux de son cou, sentir son odeur familière. C'est frustrant.

La rue Tournefort devient bientôt rue Lhomond, nous tournons à gauche dans la rue de l'Arbalète et rejoignons la rue Mouffetard. Je m'arrête devant le 123.

« C'est ici. J'habite au cinquième étage, la porte de droite. Il y a un interphone mais c'est toujours ouvert, en bas, la journée. Tu n'auras qu'à monter directement. »

Guillaume acquiesce, je m'avance pour lui faire la bise, je me sens ridicule mais j'ai besoin d'un contact physique avec lui. Je lui en fais deux, et non quatre comme c'est l'usage à Paris en ce temps-là. J'ignore ce qu'il en est aujourd'hui, cela fait des années que je n'ai pas eu l'occasion de faire la bise à des Parisiens. Je prends mon temps, deux bises appuyées en posant mes deux mains sur ses épaules.

« Tu sens bon, Guillaume. »

Il s'éloigne à reculons, un grand sourire aux lèvres, sans me quitter des yeux.

« À demain alors... Emma. »

J'entre dans l'immeuble, je referme la porte. Mon cœur bat à tout rompre, je suis émue comme une collégienne. Il s'est passé quelque chose. Une étincelle, je l'ai sentie. Je sais qu'il l'a sentie aussi. Je suis amoureuse.

Bien sûr que je suis amoureuse. Ça fait quinze ans que je suis amoureuse.

J'ai hâte d'être à demain. Je sais qu'il viendra. Je fais tout cela pour Mathilde mais je commence vraiment à prendre goût à ce jeu du chat et de la souris avec mon propre époux. Lui qui me reproche parfois de ne pas être assez directive, de ne pas prendre d'initiatives et de le laisser décider... S'il savait !

* * *

Quatre messages de Philippe m'attendent sur le répondeur téléphonique. D'abord agacés, ils se font de plus en plus inquiets, me priant de le rappeler au plus vite. Je le plaindrais presque. En ce temps-là, rien ne laissait présager ce que deviendrait notre relation. Philippe était un jeune homme charmant et prévenant. Ce n'est qu'après que nous ayons emménagé ensemble qu'il a montré son vrai visage. Dans moins d'un mois, en fait, puisque j'ai abandonné mon studio juste après ma brève hospitalisation. J'avais mis à l'époque ses accès de mauvaise humeur sur le compte de l'annonce de ma grossesse, que nous avions acceptée mais pas décidée. J'étais fatiguée, j'avais pris du poids, et je subissais encore le contrecoup de l'accident. Je n'étais plus la jeune femme pleine d'entrain avec laquelle il aimait s'afficher. Je l'ai payé cher. Je venais de recevoir mon ticket pour l'enfer : non échangeable, non remboursable. Ce que je croyais être un mauvais moment à passer est devenu mon quotidien pendant douze années. Je m'y suis habituée. Sans expérience et sans points de comparaison, je voyais notre relation *normale*. Terriblement triste et frustrante, mais qui étais-je donc pour estimer mériter mieux ?

Je ne le rappellerai pas. Qu'il s'inquiète, tant pis pour lui. Cela ne me concerne plus. Il est à Lyon, hors d'atteinte, et c'est très bien comme ça. Nous nous retrouverons à son retour et vivrons ce que nous avons à vivre sans souvenirs d'aujourd'hui.

Cette journée m'a épuisée. Je débranche le téléphone, m'allonge sur le canapé et sombre immédiatement dans un sommeil sans rêves.

Deuxième jour

13

Sept heures et demie. Le radio-réveil s'est mis en route et pendant quelques instants je suis confuse, je ne reconnais pas les lieux, je cherche un repère. Ma journée d'hier me revient en mémoire tandis que Johnny Clegg entonne *Asimbonanga*, immédiatement suivi par *l'Englishman in New York* de Sting.

A dix-neuf ans, je viens de décider d'interrompre mes études pour vivre avec Philippe mais j'ai conservé l'habitude de me lever tôt, j'ai un déménagement à préparer, c'est le printemps et Paris est en fleurs. Autant de bonnes raisons pour ne pas traîner au lit... En mai 1988, cela fait maintenant déjà presque trois semaines que je sèche les cours, je ne me présenterai pas aux examens de fin d'année. C'est une décision que j'ai maintes fois regrettée par la suite. Si j'avais étudié plus longtemps, si j'avais travaillé, j'aurais certainement quitté Philippe beaucoup plus tôt. J'ai beaucoup insisté auprès de Mathilde pour que, quels que soient ses choix de vie, elle ne soit jamais dépendante financièrement d'un homme.

Il est encore tôt et j'ai toute la matinée devant moi. Guillaume n'arrivera qu'en début d'après-midi, et je compte bien mettre à profit ce temps qui m'est offert par je ne sais quel destin étrange. Je connais ce que sera la vie future de beaucoup de personnes que je côtoie en 1988. Certains vivront de belles histoires, d'autres auront un chemin plus tortueux. Il en est qui auraient pu éviter des moments douloureux en faisant d'autres choix… tout comme moi-même d'ailleurs. Les prévenir ? Cela changerait-il quelque chose ? Modifieriez-vous votre manière de vivre si vous saviez que vous mourrez d'un cancer dans trois ans, ou dans un attentat dans vingt-cinq ans ? Et puis simplement, le croiriez-vous si on vous le disait ?

Je pense à la mère de Guillaume, entrevue hier. Elle est déjà malade. Rien ne pourra arrêter le mal qui la ronge. Il gagnera. Et si elle ne le sait pas encore de façon certaine, c'est une éventualité qu'elle n'a pas pu écarter. Je pense à Stéphane, ce camarade de lycée que j'appréciais tant, pour sa sensibilité et sa culture. Homosexuel inassumé, parce que dans le milieu dont il était issu c'était tout simplement inacceptable, il s'est donné la mort à vingt-trois ans.

Je ne peux rien pour eux. Mais pour qui pourrais-je quelque chose ?

J'allume la télévision. Les émissions matinales me paraissent tellement vieillottes, les publicités aussi. J'ai l'impression de regarder un bêtisier des pires moments kitsch des années quatre-vingt. Il est question de François Mitterrand, qui vient d'être réélu il y a deux jours. Il est question du pont de l'Ascension qui commence demain. Je me lève pour changer de canal, à la main, car ma vieille télévision d'occasion ne dispose pas de télécommande.

Je retrouve *la 5*, avec la petite étoile sur son logo, chaîne éphémère qui s'éteindra définitivement dans peu de temps. On m'y propose d'acheter par correspondance un produit ménager exceptionnel qui viendra à bout de toutes mes taches. Le télé-achat s'installe en France…

Je change encore de canal. Aujourd'hui c'est l'ouverture du Festival de Cannes, et la sortie officielle du film *Le Grand Bleu*. Je me souviens qu'il avait été nominé plusieurs fois et avait été primé pour sa bande originale.

Un bourdonnement couvre brutalement le son de la télévision. Quelqu'un a appuyé sur l'interphone. Il est à peine neuf heures et je n'ai jamais eu pour habitude de recevoir des visites de si bon matin. Je décroche pourtant, curieuse et vaguement inquiète.

« Emma ? C'est Papa. »

J'appuie immédiatement sur le bouton d'ouverture, par réflexe, mais la porte est toujours ouverte à cette heure. Alors, pourquoi utiliser l'interphone ?

« Non, je n'ai pas le temps de monter, je pars au travail, je suis garé en double file. Je voulais juste savoir si tout allait bien, parce qu'on n'arrive pas à te joindre au téléphone.

– Oui ça va. Désolée pour le téléphone, j'ai dû mal le raccrocher. Je vais vérifier tout de suite.

– Bon, je suis rassuré, je file. Et rappelle Philippe, il a téléphoné à la maison ce matin, il est inquiet pour toi. C'est lui qui m'a demandé de passer. »

Philippe. Bien sûr. Je n'y pensais plus. J'ai tant peiné à le sortir définitivement de ma vie que le simple fait d'entendre prononcer son prénom m'agresse.

« Je vais le faire. Bonne journée »

La voix de mon père n'a pas changé. Heureusement qu'il n'est pas monté, j'aurais certainement eu du mal à donner le change. Je suis à la fois soulagée et déçue. J'ouvre la fenêtre en hâte et j'ai le temps de l'apercevoir, il regarde dans ma direction, me fait un sourire et un signe de la main, puis démarre. Il est parti.

Je suis émue de l'avoir vu, il a à peu près l'âge que j'ai en 2017... Il est si jeune !

Mon père m'est toujours apparu comme quelqu'un d'une autre génération, à la fois proche et lointaine. Je n'ai jamais réfléchi à l'idée qu'il puisse, à certains moments de sa vie, avoir eu les mêmes préoccupations que moi. Il a été jeune papa, puis père d'adolescent ou de jeune adulte, il a travaillé, il a été amoureux, il l'est encore aujourd'hui. Quand j'avais dix-neuf ans et qu'il en avait quarante-cinq, je le trouvais vieux, il faisait partie d'un monde qui n'était pas le mien et qui ne m'intéressait pas. Le voir, aujourd'hui, tel qu'il est à mon âge, accessible, parfaitement quadragénaire, me perturbe et provoque en moi une bouffée de tendresse à son égard qui me surprend jusqu'à rendre mes yeux humides.

Guillaume sera là dans quelques heures, et l'état de saleté de mon appartement d'étudiante est bien au-dessus de ce qu'est devenu mon seuil de tolérance. Je range, fais la vaisselle, passe l'aspirateur. Je change les draps du lit. Je vérifie le contenu du réfrigérateur, des placards de la cuisine, et réalise que si je veux retenir Guillaume le plus longtemps possible je vais devoir aller faire quelques achats. Demain ce sera le jeudi de l'Ascension et tout sera fermé. Si je parviens à le garder ici cette nuit, il faudra bien qu'on se nourrisse.

Jeudi de l'Ascension... Férié... Brusquement je prends conscience de ce que cela implique : Philippe ne travaille pas les jours fériés et sera donc de retour de Lyon. Il risque de venir ici. Il ne faut pas. Je ne veux pas. Je dois absolument l'en empêcher, trouver quelque chose pour le rassurer et le garder à distance.

Je rebranche le téléphone et m'attends à l'entendre sonner d'un instant à l'autre. J'imagine Philippe, là-bas, fébrile, composant mon numéro tous les quarts d'heure en espérant enfin m'entendre décrocher.

Je ne sais pas comment l'appeler. Je ne suis même pas certaine d'avoir le numéro de son hôtel. L'hôtel du Théâtre, a-t-il dit hier sur le répondeur. Comment faisait-on, en 1988, pour obtenir les renseignements téléphoniques ?

Le 1 pour Paris depuis la province, le 16 pour la province depuis la capitale. Le 12. Oui, c'est cela. Les renseignements, c'est le 12.

J'attrape un stylo et une feuille de papier, je tends la main vers le téléphone et avant même que je ne l'atteigne, il se met à sonner. Je prends une grande respiration et je décroche.

« Allo ?

– Emma ! Enfin ! Tu vas bien ? J'étais tellement inquiet.

– Philippe, je suis désolée. Je n'ai jamais voulu te faire peur.

– Mais qu'est-ce qui s'est passé ? Pourquoi tu ne répondais pas ?

– Il ne s'est rien passé du tout. Je suis allée voir ma grand-mère hier, j'y ai passé une bonne partie de la journée. Le soir je suis sortie jouer du piano, rue Mouffetard, et je suis rentrée tard. J'ai reçu tes messages sur le répondeur, j'étais prête à te rappeler mais quand j'ai vu l'heure, j'ai préféré attendre ce matin. J'ai commencé à faire un peu de tri pour le déménagement et j'imagine qu'en déplaçant des affaires j'ai dû tirer sur le téléphone et le débrancher sans faire exprès. Papa vient de passer me prévenir que tu avais appelé, il m'a réveillée il y a dix minutes, et voilà. Tu vois, il n'y avait pas de raison de t'inquiéter. Mais je suis quand même désolée de t'avoir fait peur.

– Tu aurais dû m'appeler, même tard. Je n'ai presque pas dormi.

– Je t'ai dit que j'étais désolée. Je n'ai rien fait de spécial, tout va bien, comme d'habitude. Je n'ai pas imaginé un seul instant que tu puisses être inquiet. Je te jure que je l'aurais fait, sinon. Vraiment. Je n'ai pas réalisé.

– Mais je te l'ai dit, dans mes messages, pourtant.

– Je pensais juste que tu étais… jaloux. Et je t'avoue que je m'en suis sentie flattée.

– Jaloux ? Moi ?

– Oui, pourquoi pas ? Enfin, on ne va pas disserter là-dessus pendant des heures. Et toi, tout va bien ?

– Oui, oui. J'ai une réunion dans vingt minutes et une dernière cette après-midi.

– Tu reviens à Paris ce soir, alors ?

– Ils ont organisé un dîner-spectacle, ce soir, pour clore le séminaire. Je n'ai vraiment pas envie d'y aller, mais il faut qu'on m'y voie. Question de crédibilité. Je prendrai le premier train demain matin.

– D'accord. Alors je te dis à vendredi, parce que demain j'ai promis à des copines de fac de les rejoindre.

– La fac ? Je croyais que tu avais laissé tomber…

– Les cours, oui. Mais pas les copines ! On se retrouve pour un pique-nique au Luxembourg, et on passe l'après-midi et la soirée ensemble. Histoire de se changer les idées avant de se jeter à fond dans les révisions pour les examens de fin d'année. Même si je ne m'y présente pas, je peux quand même faire preuve de solidarité ! »

Il y a un grand silence au bout de la ligne. J'étais avec lui, je me souviens, beaucoup plus mielleuse, moins affirmée, et j'aurais annulé n'importe quel projet pour une demi-heure avec lui. Il est surpris, peut-être même vexé.

« Bon. Comme tu veux. Tu es vraiment certaine que tout va bien ?

– Bien sûr que oui. J'ai juste envie de passer ce petit moment avec mes amies. Toi et moi, on a toute la vie pour être ensemble. N'est-ce pas ?

– Oui, oui. À vendredi, alors. Je t'embrasse. »

Il a raccroché. Sans même attendre une réponse, un « je t'embrasse aussi », un « bisou » ou quoi que ce soit. J'en suis certaine, maintenant : je l'ai bel et bien vexé.

14

Je vérifie, avant de sortir, le contenu de mon porte-monnaie : un peu moins de cent Francs. Il s'y trouve également une carte bancaire, mais qui me sera totalement inutile puisque je n'ai plus aucune idée de son code à quatre chiffres. Dans un tiroir de mon bureau je découvre un chéquier que je mets immédiatement dans mon sac. On ne sait jamais. Je suis partie pour quelques courses alimentaires mais je ne suis pas capable de prévoir, même approximativement, le montant de mes achats. Les prix ont tellement évolué…

Il y avait, au bout de la rue Broca, un Prisunic où j'avais mes habitudes. Je m'y rends à pieds, comme autrefois, et limiterai mes achats à ce que je suis capable de porter.

C'est un petit magasin de quartier, au choix limité. Cela me suffisait amplement il y a vingt-huit ans, mais aujourd'hui j'ai appris à apprécier les bonnes choses et j'ignore si j'y trouverai des produits à la hauteur de l'exigence de Guillaume, fin gourmet et excellent cuisinier dans notre futur commun.

La rue Broca est calme et peu passante. J'y suis retournée il y a peu, en 2015, et je n'y ai pas vu de grandes différences, à part un café qui est devenu un restaurant asiatique. Le bar tabac où j'achetais mes cigarettes a plusieurs fois changé de propriétaire depuis 1988 mais est resté tel quel, si ce n'est les flippers qui ont disparu et la peinture refaite. D'ailleurs, je n'ai presque plus de cigarettes : je m'y arrête un instant, et ressors avec un paquet de Philip Morris.

Je l'ai payé huit Francs ! Combien cela ferait-il aujourd'hui ? Un Euro vingt ?

Je poursuis mon chemin jusqu'au Prisunic et y achète de quoi nous sustenter pendant vingt-quatre heures : du pain, du fromage, des rillettes, un pot de cornichons, du café, du lait, du jus de fruits, une bouteille de vin rouge et une bouteille de rosé. Je n'ai pas pu m'empêcher de mettre dans mon panier un sachet de Tang à l'orange, au goût abominablement chimique, mais tellement symbolique de ma génération…

Je me dépêche de rentrer au studio car j'ai également pris un pot de glace caramel - noix de pécan, que Guillaume adore. Il fait si doux que je suis sortie en T-shirt et la glace ne survivra pas longtemps au soleil ! Il ne me reste plus maintenant qu'à attendre l'arrivée de Guillaume…

Je m'assois au piano et redécouvre mon instrument, que j'avais échangé, quelques temps après avoir emménagé avec Philippe, contre un simple clavier numérique. C'est un petit piano d'étude, laqué noir, au clavier amputé de deux notes aigües, ce qui lui permet de présenter une largeur de quelques petits centimètres inférieure à la moyenne. Cela avait été décisif lors de mon achat car la cage d'escalier de l'immeuble est si exigüe que je craignais de ne pas parvenir à le monter jusqu'à mon cinquième étage.

J'ignore totalement comment va se dérouler notre rendez-vous. Il faudra que je joue au piano, j'imagine que Guillaume va apporter de quoi me faire une petite démonstration de son talent. Ensuite... nous verrons bien. Il faut que je l'amène dans mon lit, bien sûr, mais je ne veux pas bâtir de scénario, je veux que la magie opère. Et elle opérera, je n'en doute pas, parce que c'est Guillaume, parce que c'est moi et que cela ne peut pas être autrement.

Il y a toujours eu, entre nous, comme une étincelle miraculeuse. Même après quatorze ans vécus ensemble, j'ai toujours des papillons dans le ventre quand il me regarde, je le sens frémir au moindre frôlement. Certains appellent cela la chimie des corps, d'autre l'âme sœur, peu importe. Je sais que Guillaume et moi devions nous rencontrer. Personne d'autre que lui n'aurait su me faire devenir la femme heureuse et épanouie que je suis aujourd'hui. Je l'ai vu évoluer, il n'est plus exactement celui que j'avais rencontré mais je ne suis plus tout à fait la même non plus, et nous avons avancé dans une direction commune.

Nous serions nous aimés si nous nous étions réellement rencontré en 1988 ? Guillaume et celle que j'étais alors ? Je lui aurais probablement à peine jeté un regard. J'avais des idées bien arrêtées sur ce à quoi devait ressembler mon homme idéal – un viking – et Guillaume est bien trop méditerranéen : brun, mat, les yeux noirs comme des olives. Définitivement pas assez blond pour mon goût d'alors.

Je me souviens de notre bonheur quand nous avons su que nous allions être parents. Max, notre fils, s'était fait attendre et je commençais à craindre de ne jamais être mère à nouveau. Mathilde était arrivée par surprise, et j'avais imaginé qu'il suffirait de le décider pour que je sois enceinte. Guillaume semblait moins inquiet. Il me disait qu'il était convaincu que nous aurions des enfants, qu'il fallait être patients, que ce n'était qu'une question de temps. Ça a été une de nos rares disputes : j'étais désemparée, terrifiée à l'idée de ne pas parvenir à lui donner un enfant, lui me paraissait bien trop désinvolte. « Comment peux-tu être si sûr que ça va marcher ? », lui avais-je demandé. « Parce que je t'aime » avait été sa seule réponse. J'en avais pleuré.

Quelques semaines plus tard nous apprenions la bonne nouvelle. Deux ans après, Eva est venue agrandir la famille et nous étions des parents comblés.

Il n'a jamais douté. Il savait, j'en suis certaine maintenant. Ce qui signifie que tout à l'heure je lui parlerai de notre vie, de nos enfants, et qu'il me croira. Comment est-ce possible ? Qui croirait une histoire pareille ? Quels arguments vais-je trouver pour le convaincre ?

Et si sa force ne venait que de cela ? Guillaume a toujours été parfaitement calme et serein, en toute situation, parce qu'il savait qu'il n'y aurait pas de conséquences. Quand Mathilde, à dix-sept ans, a fait une mauvaise chute et que l'on a parlé de séquelles possibles, il était confiant. Parce qu'il savait qu'à l'âge de vingt-sept ans elle irait parfaitement bien. Il savait que je serais tôt ou tard enceinte car en 2017, nous aurions trois enfants.

Que va-t-il se passer à mon retour ? Va-t-il changer ? Je ne sais rien, il ne sait rien de la suite. Perdra-t-il son indéfectible confiance en l'avenir ?

Il me reste le temps de prendre une douche, je me déshabille dans la salle de bains après avoir sorti du placard un débardeur, un jean et des sous-vêtements propres. Je m'extasie à nouveau devant ma peau superbe, jeune, lisse, ferme et me surprend à ressentir sur le bas de mon ventre le contact de ma main. Mathilde est née par césarienne et j'ai perdu toute sensibilité autour de la cicatrice que j'en ai gardée. Cette partie de mon corps est restée intouchée pendant un quart de siècle, tout du moins c'est ce que croient mes terminaisons nerveuses détruites par le bistouri. Je rattrape le temps perdu.

15

J'entends des grincements, des bruissements et des coups provenant de la cage d'escalier. Je me précipite pour ouvrir la porte et découvre Guillaume chargé comme un bœuf, surpris de n'avoir pas même eu besoin de frapper. Il porte deux grands sacs à la forme reconnaissable : des housses de transport pour éléments de batterie.

« Salut ! » dit-il en levant les yeux vers moi. Il gravit les deux dernières marches de l'escalier pour atteindre le palier. Il hésite un instant : doit-il me faire la bise tout de suite ou prendre le temps de poser son fardeau ?

« Attends, je vais t'aider ». Je tends la main vers un des sacs, l'emporte vers l'intérieur et l'invite à entrer. A peine a-t-il les mains libres qu'il m'embrasse sur les deux joues, en s'excusant d'être un peu « pégueux ».

Pégueux... un mot qu'il m'a appris bien des années plus tard, une expression du sud de la France, d'où sa famille a quelques origines et que je ne connaissais pas : poisseux, collant.

Guillaume porte juste un T-shirt, il poisse un peu, certes, mais il sent bon. Sous le déodorant dont il s'est pourtant généreusement aspergé, je reconnais son odeur, la sienne, si familière et rassurante.

« Si tu veux te rafraîchir un peu la salle de bains et juste là. Tu as soif ? »

Guillaume me remercie et se faufile dans la pièce minuscule – j'entends le robinet du lavabo couler – tandis que je prends dans la cuisine une bouteille de jus de fruits et deux verres.

Quelques instants plus tard il est confortablement installé sur le canapé, les cheveux humides, le sourire aux lèvres. Il sort de sa poche une cassette audio (ça fait si longtemps que je n'en ai pas vu) et me propose de l'écouter puisque le matériel qu'il a apporté est vraiment sommaire : il s'est enregistré sur une batterie complète.

Je prends la cassette en le remerciant, me dirige vers la chaîne hi-fi (est-ce que je vais me rappeler comment ça fonctionne ce truc ?), introduis la cassette dans la loge réservée à cet effet (ah oui comme ça) et appuie sur la touche *play*.

Un solo de batterie envahit brusquement le studio – le son était réglé au maximum – et je me précipite pour le baisser de quelques points. J'ai l'ouïe très sensible et les décibels m'agressent. Dans notre futur commun, c'est avec Guillaume un point sur lequel nous n'arriverons jamais à nous accorder : il aime écouter la musique fort, aller à des concerts qui ne sont pour moi que douleur. Je les fuis !

Je fais mine d'écouter attentivement (je n'y connais rien en batterie) : cela ne me paraît pas trop mal mais certainement pas extraordinaire.

« C'est génial ! Tu te débrouilles vraiment bien ! C'est beaucoup mieux que ce dont j'ai besoin, tu sais... Tant que tu sais tenir le rythme... »

Guillaume a l'air heureux, il sirote son jus de fruits, m'observe, balaie la pièce du regard. Il se pose des questions, je le sais, je le connais.

Je lui propose d'installer ses instruments, afin que l'on puisse faire ce pour quoi il est venu : jouer un peu ensemble et voir ce que cela vaut. Ensuite, il faudra que je déploie tous mes charmes pour le retenir.

« Tu peux rester tant que tu veux ou tu as quelque chose de prévu, après ?

– Je ne suis pas pressé. Mes parents et ma sœur partent à la campagne voir une de mes tantes et comme c'est férié ils ne rentrent que demain soir. »

Tante Louisa. Louisa est la sœur de son père, la seule à vivre à la campagne. Nous y sommes allés ensemble quelques fois. Elle vit entourée de poules et de chats. Je l'aime bien.

« Donc, si je veux, je peux te séquestrer jusqu'à demain ?

– Et tu comptes sur le syndrome de Stockholm pour que je ne tente pas de m'échapper ?

– Clairement. Parce que si j'essaie de te retenir par la musique, j'aurai épuisé mon répertoire bien avant. »

Nous rions tous les deux. Je ressens à nouveau cette connivence, cette complicité qui avait été la nôtre lorsque nous nous étions quittés hier soir.

Je me mets au piano tandis que Guillaume installe son matériel. Je joue deux thèmes tirés des films Disney (en 88, on disait encore *Walt* Disney) : « Il en faut peu pour être heureux », la chanson de Baloo dans *Le livre de la Jungle*, et « Un jour mon prince viendra », dans *Blanche Neige*. Si Guillaume les reconnaît, le message est clair !

Il s'est arrêté de bricoler son matériel. Il est immobile, il me regarde, m'écoute. Je termine *Blanche Neige* dans une envolée romantique.

« C'est... vraiment bien. Le piano, ça ne m'a jamais vraiment intéressé jusqu'à maintenant, mais là... Quand tu joues, je...

– Tu as déjà essayé ?

– Non.

– Viens. Viens t'asseoir à côté de moi. »

Guillaume prend une chaise et la pose à gauche du tabouret de piano.

« C'est facile, tu vas voir »

Je joue un do, puis un sol, puis encore un do et un sol, dans les graves.

« A toi, essaie. »

Guillaume reproduit facilement les quatre notes.

« Maintenant, tu continues, toujours comme ça, et tu ne t'arrêtes pas ».

Nous sommes épaule contre épaule, cuisse contre cuisse.

J'improvise quelques notes, Guillaume tient la basse avec concentration. Il a le sens du rythme, c'est certain, sa *pompe* est régulière. Je m'enhardis, joue des harmonies un peu plus complexes, ma main frôle la sienne sur le clavier.

Nous restons là, électriques, pendant plusieurs minutes. Je penche un peu ma tête vers son épaule. Mon oreille touche ses cheveux. Son regard quitte le clavier pour se tourner vers moi. Nos visages sont à quelques centimètres l'un de l'autre.

Si le désir était un accord, ce serait une quinte. *Do, sol…*

16

« C'est vrai que ça a l'air facile. Je crois que si je restais vingt-quatre heures assis ici, je saurais jouer du piano, à la fin.

– Tu peux rester vingt-quatre heures ici, si tu veux…

– Je crois que je vais plutôt retourner à ma batterie. C'est pour ça que je suis venu, non ? »

Et Guillaume se lève précipitamment, comme le gamin troublé qu'il est, mettant fin à l'instant magique. Il règle ses instruments, s'installe et commence à jouer. Le rythme est un peu trop rapide, un peu trop rock à mon goût, mais j'y insère quelques accords, j'improvise quelque chose qui tient la route, bien que loin d'être éclatant.

Le jeu de la séduction se mêle au jeu musical et chaque note que nous jouons est un message. Nos instruments se répondent, s'envoient mutuellement des vibrations qui nous caressent à distance.

Nous convenons de nous retrouver régulièrement pour nous entraîner ensemble, jusqu'à ce que nous maîtrisions suffisamment de morceaux pour proposer notre prestation aux cafés et restaurants alentours. Je note quelques titres à son intention sur une feuille, tandis qu'il inscrit sur une autre un charabia qui doit consister en indications de rythme et auquel je ne comprends rien.

Guillaume range son matériel tandis que je prépare du café. Il ne faut pas qu'il parte ensuite, je sais qu'il a envie de rester mais je le connais, il aime prendre son temps et pense que nous allons bientôt nous revoir.

« Du sucre dans ton café ? »

Depuis notre rencontre, je n'ai jamais vu Guillaume utiliser de sucre.

« Oui, un, s'il te plait. »

Je souris, je sors deux sucres – un pour lui un pour moi – et un peu de lait. Je n'aime pas le café noir.

Guillaume s'est installé sur le canapé. Je pose les deux tasses sur la table basse et m'assois à côté de lui.

Nous buvons notre café en silence, en nous dévorant des yeux. Deux idiots en plein coup de foudre, mais aucun de nous ne sait comment faire le premier pas.

« Emma…C'est drôle qu'on ne se soit jamais rencontrés, avant. On est du même quartier… Je sais qu'il y a du monde à Paris mais quand même !

– J'étais en école privée, chez les sœurs. Collège et lycée privés aussi. J'imagine que ça doit jouer. J'ai grandi dans un microcosme hermétique. »

Guillaume sourit.

« Un *microcosme hermétique*. Ça c'est fabuleux. Je vais m'en souvenir et le replacer. Tu te rends compte que tu parles comme un livre ?

– J'aime bien les livres. Je lis beaucoup. J'essaie même d'en écrire.

– Je pourrai lire ce que tu écris ?

– Oui, mais plus tard. Beaucoup plus tard !

– Pas avant que ce soit fini, c'est ça ?

– C'est ça, oui. Quelque chose comme ça. »

Nous avons fini nos cafés. Il faut que j'attaque, je ne dois pas lui laisser la moindre ouverture, la moindre possibilité de s'échapper. Je me lève, emporte les tasses vides dans la cuisine, et je reviens m'assoir près de lui sur le canapé, très près de lui comme nous l'étions un peu plus tôt devant le piano. Je m'étire en faisant exprès de faire se toucher nos bras nus. Son odeur me bouleverse.

Là, maintenant, tout de suite, je n'ai qu'une envie, celle de lui sauter dessus sauvagement, de goûter sa peau dont je connais le moindre centimètre carré et de l'emmener avec moi vers un plaisir jubilatoire. Mais je ne veux pas le brusquer. Je sais qu'il a eu, avant dix-neuf ans, quelques expériences mais il n'est encore que l'ébauche de celui dans les bras de qui je m'abandonnerai totalement, plus tard, et je crains de l'effrayer en étant trop entreprenante.

« Alors, le syndrome de Stockholm, ça marche ? Parce que voilà, pour la musique, j'ai atteint ma limite. »

Guillaume marque un long silence avant de me répondre.

« Je crois, oui. Tu es… bizarre. Tu m'intrigues. Je ne sais pas qui tu es, ni par quel destin on se retrouve là, toi et moi, mais je suis curieux. J'ai envie d'en savoir plus. Alors je vais rester encore un peu, si tu es d'accord.

– Reste autant que tu veux. J'ai envie que tu restes aussi. »

Et j'ose. Je m'approche encore plus de lui, si c'est possible, et dépose un baiser léger sur ses lèvres. Il se laisse faire. Je le regarde, guettant sa réaction. Guillaume me prend dans ses bras et m'attire vers lui pour un autre baiser, plus goulu cette fois.

17

Je garde sa main dans la mienne, elle m'a tellement manquée.

« Parle-moi un peu de toi. Qui tu es, ce que tu aimes, où tu vas, où tu veux aller.

– Pourquoi, tu fais un casting ? *Il rit en caressant ma main du bout de ses doigts.*

– Non. Ça m'intéresse, c'est tout. J'ai envie de savoir qui tu es. Après, je te parlerai de moi, si tu en as envie. »

Guillaume reste silencieux quelques instants, semble réfléchir.

« D'accord. Qu'est-ce que tu veux savoir ?

– Ce que tu veux. Ce que tu as envie de me dire.

– J'ai toujours vécu à Paris. J'ai une petite sœur. Elle a dix ans. J'ai raté mon bac l'an dernier. C'était perdu d'avance, je n'avais rien foutu de l'année.

– Et cette année, tu as été plus sérieux ?

– Oui. Pas acharné, mais sérieux, oui. Enfin, j'ai l'impression. On verra bien. Si je le rate encore je laisse tomber. »

Nos doigts s'entremêlent tandis que nous discutons. Le désir est toujours là, partagé, mais nous faisons durer, dans un accord tacite, le temps qui nous sépare du moment où nous l'assouvirons.

« Et si tu réussis ? Après ?

– J'aimerais faire une école d'architecture.

– C'est un beau métier, architecte. Créatif, artistique.

– Oui mais ça ne s'improvise pas. Il y a plusieurs années d'étude.

– Je sais. C'est long et ça demande des efforts, mais ça vaut le coup.

– C'est ça. C'est exactement ça.

– Autre chose ?

– Je ne sais pas… Je suis un mec normal. Rien de particulier. Je m'entends bien avec mes parents, avec ma sœur. Ma mère est malade.

– Malade ?

– Oui, malade. Elle a eu un cancer mais ça va mieux maintenant. Elle est encore très fatiguée mais on a bon espoir.

– Ça doit être dur, quand même.

– Ça l'a été. Mais c'est bon maintenant. Il faut juste qu'elle se remette. Elle est forte.

– Alors tu t'occupes beaucoup d'elle, c'est ça ?

– Non ! (Il rit) Mon père s'occupe d'elle et moi je m'occupe de ma petite sœur. Chacun son boulot. »

Le lien qui lie Guillaume à sa sœur Aurélie est très fort. Il a toujours été un grand frère protecteur avec elle, particulièrement après la mort de leur mère, et il l'est encore aujourd'hui.

Je ne dis rien à ce sujet. Ce genre de prédiction, même si elle est exacte, serait simplement cruelle.

« Et comment vois-tu ta vie, plus tard ?

– Pour le moment je ne me pose pas vraiment la question. J'espère architecte. Une famille. Mais j'ai le temps !

– Oui, au moins douze ans…

– Douze ans ? Pourquoi tu dis ça ?

– Parce que ça t'amène à la trentaine, et je trouve que c'est un bon âge pour fonder une famille.

– Peut-être. Je n'en sais rien. Je ne fais pas de plans. Je prendrai ce qui viendra. À toi maintenant ! »

J'ai envie de lui raconter toute ma vie, là, maintenant. Le peu que j'ai vécu avant aujourd'hui, l'exceptionnel voyage que je suis en train de faire et tout ce qui viendra après. Je me serre un peu plus contre lui, nous nous embrassons encore longuement.

« J'ai eu mon bac l'année dernière. Un peu de hasard et de chance je crois, parce que moi non plus je n'avais pas vraiment travaillé. Je fais des études de lettres et de langues. »

– Quelles langues ?

– L'anglais et le suédois. Mais le suédois je le parle déjà, ma mère est née là-bas.

– Couramment ?!

– Oui. Et donc, je joue du piano, aussi. Depuis que j'ai quatre ans.

– Tu joues vraiment très bien. Tu voudrais en faire ton métier ?

– Je ne crois pas non. J'aime jouer, mais je ne pourrais pas ne faire que ça. Pour être musicien professionnel il faut travailler beaucoup. Trop... pour qu'il reste du temps pour autre chose. Je veux pouvoir lire, écrire, peindre, sculpter... Essayer tout ce qui me fait envie, découvrir, tester...

– Tu es une artiste, alors ?

– Peut-être. Dans l'âme certainement, oui. Mais une artiste généraliste sans spécialité !

– Tu parles encore comme dans un bouquin...

– Pardon. Désolée.

– Non, au contraire, j'adore. On dirait que tu es d'une autre génération.

– Regarde-moi, je pourrais être ta mère ! »

Je baisse la tête, lève les yeux vers lui et essaie de battre des cils très vite. Guillaume éclate de rire.

« Non, définitivement non !

– Tant mieux, ça m'arrange. »

Comme si mes derniers mots avaient été un signal de départ, Guillaume m'embrasse fougueusement, tandis que ses mains s'aventurent de plus en plus hardiment sur mon anatomie.

C'est gagné.

18

Nous avons fait l'amour avec impatience, avidité et maladresse, comme seuls savent le faire les jeunes corps encore débutants.

Guillaume somnole, nu, à côté de moi. Dans quelques années, il sera un peu plus massif, mais il a déjà les bras virils et rassurants dans lesquels j'aime me perdre.

J'ai réussi. Je sais qu'à l'intérieur de mon ventre se joue une course à la vie dont il ne sortira qu'une gagnante : Mathilde. Elle est déjà là, j'en suis certaine, minuscule cellule perdue dans l'immensité de ce qui sera son cocon pour les mois à venir.

Que va-t-il se passer maintenant ? Vais-je m'endormir bientôt et me réveiller dans vingt-huit ans ? Y a-t-il autre chose qui doive être accompli avant mon retour ?

Guillaume ouvre les yeux et me sourit, m'attrape et m'attire vers lui. Il en veut encore et il l'obtient.

« Tu as faim ?
— Un peu, oui.
— Rillettes-fromage-pain-vin ça ira ?
— C'est ce que je préfère.
— Je le savais ! Et des cornichons, aussi.

– Encore mieux. »

Tandis que je me lève pour aller chercher de quoi nous sustenter, Guillaume m'observe attentivement. Il me déshabillerait du regard si je n'étais déjà entièrement nue. J'enfile un débardeur et une culotte et installe notre dîner sur la table basse.

« C'est drôle, cette impression que j'ai, dit-il, que tu me connais. Il y a quelque chose que je ne peux pas expliquer précisément, mais c'est comme si tu menais la danse depuis le début. Tu sais exactement où tu vas. Sauf que moi, je ne sais pas où tu veux m'emmener. »

Guillaume ne me fera pas confiance tant que je n'aurai pas répondu à ses interrogations. Et si j'y réponds par la vérité, il risque de prendre peur et de partir. Non que la vérité soit effrayante, mais il pourrait refuser de rester à la merci de ce qui sera, de son point de vue, une dingue en plein délire. J'ai envie de le garder près de moi encore un peu, de passer avec lui le temps qu'il me reste en 88, mais finalement, j'ai déjà obtenu ce que je voulais. Tant pis s'il s'enfuit. Je dois lui parler. Il doit savoir certaines choses, je l'ai compris, pour être celui qu'il sera dans notre futur.

« Guillaume, j'ai quelque chose de très important à te dire. »

Il hausse les sourcils, interrogateur, vaguement inquiet aussi. Je le connais si bien que je lis ses expressions comme un livre ouvert. Là, il se demande si je vais le mettre à la porte, si je suis juste une nymphomane qui a obtenu ce qu'elle convoitait et va congédier son jouet. *Mais qui c'est, cette fille. Qu'est-ce qu'elle me veut. Pourquoi moi ?*

« Je ne sais pas trop par où commencer. Tu vas me prendre pour une folle. D'ailleurs, peut-être que je le suis. Mais il faut que tu m'écoutes, jusqu'au bout, même si ça te paraît dingue.

– Depuis hier, avec toi, je vais de surprise en surprise. Alors, je m'attends à tout... »

J'aurais dû mieux préparer ce moment. Il va hurler de rire, c'est sûr, et partir en claquant la porte. A sa place j'en ferais autant.

« Guillaume, si je te dis que je vis en 2017, que j'ai quarante-sept ans, que je me suis réveillée hier dans mon corps de dix-neuf ans, celui que tu as en face de toi maintenant, et que je suis ici pour réparer quelque chose qui dans le futur, n'est pas à sa place, tu me crois ? »

Guillaume me regarde avec des yeux ronds, totalement incrédule.

« Je sais que je viens de te dire que je m'attendais à tout... mais quand même pas à ça ! C'est une caméra cachée, ou quelque chose dans le genre ?

– Non. Ce que je te dis est vrai.

– C'est totalement impossible.

– Je le sais. Enfin, je ne croyais pas à ce genre d'histoire, jusqu'à hier.

– Et comment tu peux croire un truc pareil ?

– Parce que je te dis que j'ai quarante-sept ans, qu'en 1988 j'en avais dix-neuf, que je suis mariée, que j'ai trois enfants, et que je peux te dire tout ce qui va se passer pendant les vingt-huit prochaines années !

– N'importe quoi. Je ne peux pas croire ça.

– Ça n'a pas d'importance. Tu n'as pas besoin d'y croire. Tout ce que je te demande c'est d'écouter et de tâcher de t'en souvenir.

– Mais pourquoi moi ?

– Parce que tu fais partie de mon histoire. De notre histoire. »

La nuit commence à tomber. Une pluie fine et chaude fait monter jusqu'à nous, par la fenêtre ouverte, les odeurs mêlées de terrasses de cafés et de trottoirs mouillés. Les réverbères s'allument progressivement et leur lumière jaune projette des ombres chinoises sur les murs blancs du studio.

« Quand j'avais dix-neuf ans, j'ai eu un accident. Le choc a effacé de ma mémoire les deux jours qui l'ont précédé. Ce sont ces deux jours, précisément, que je suis en train de retrouver. Il ne me reste pas beaucoup de temps. Quelques heures, peut-être jusqu'à demain matin. Après mon accident, j'ai découvert que j'étais enceinte et me suis installée avec celui que j'ai toujours cru être le père de mon enfant : Philippe.

– Quand tu avais dix-neuf ans... tu veux dire maintenant ?

– Oui, c'est ça. Maintenant. Mais pour moi c'était il y a vingt-huit ans.

– Et Philippe c'est ton petit ami ?

– C'était. Je l'ai quitté en 1999.

– En 1999, ça veut dire dans...

– Dans onze ans. On aura passé douze ans ensemble. La première année était sympathique, les onze suivantes étaient violentes.

– Ecoute, c'est complètement absurde ce que tu me racontes. Je suis là, avec toi, on vient de coucher ensemble, tu me dis que tu as déjà un mec et qu'en plus il est violent... Qu'est-ce que tu attends de moi, exactement ?

– Rien. Que tu m'écoutes, c'est tout. Que tu n'interviennes surtout pas. Dans notre futur, tu sais certaines choses, parce que je te les ai dites aujourd'hui. Que tu y croies ou non maintenant, au moment où je te parle, n'a absolument aucune importance.

– Mais c'est quoi ce futur, qu'est-ce que je viens faire là-dedans, moi ?

– Tout à l'heure, ou demain matin, quand on va se quitter, on se perdra de vue. Ne me cherche pas, et si tu me croises par hasard, ne me parle pas.

Je ne te reconnaîtrai pas, de toutes manières, parce que je serai redevenue *moi de dix-neuf-ans*, et que je n'aurai aucun souvenir de ces deux derniers jours. On se retrouvera beaucoup plus tard, dans une douzaine d'années. Pour moi, ce sera la première fois que j'entendrai parler de toi. Tu me reconnaîtras peut-être, mais si tu le fais surtout ne me dis rien. Tu dois faire comme si aujourd'hui n'avait jamais existé.

— Et pourquoi je devrais faire ça ?

— Parce que sinon les choses ne seront pas comme elles doivent être. Quand je reviendrai en 2017, je te demanderai si tu m'avais reconnue, si tu savais que j'étais celle avec laquelle tu as passé quelques heures en 1988. Là seulement, tu pourras me le dire. Pas avant.

— Et mon rôle, dans tout ça ? Je suis qui, pour toi, en 2017 ?

— Tu seras mon mari. Nous aurons trois enfants. »

Guillaume ne répond pas. Il fait une drôle de moue, lève les yeux au ciel et reverse du vin dans son verre. Pauvre gosse. On s'est rencontré hier et déjà je lui parle de mariage et d'enfants.

« Je ne te crois pas, mais je veux bien t'écouter, si ça peut te faire plaisir. Allez, dis-moi tout ce que tu as à me dire. Je ne t'interromprai plus. »

Guillaume m'adresse son sourire le plus enjôleur et pose sa main sur ma cuisse nue. J'ai bien compris l'allusion.

« Tu dis n'importe quoi, mais si t'écouter est le prix que tu demandes pour faire encore l'amour avec toi, je veux bien m'en acquitter. J'ai dix-neuf ans, les hormones au garde-à-vous, et je ne laisserai pas passer cette occasion ».

19

« Je n'ai pas pris de notes ni mémorisé de dates. J'ai vécu ma vie jusqu'à quarante-sept ans sans penser que je devrais un jour, de mémoire, être la plus précise possible pour gagner ta confiance. Je l'ai déjà, ta confiance. Je l'ai toujours eue, depuis le jour où nous nous sommes rencontrés. Et tu as la mienne. Je peux te dire, par exemple, que ta tante, chez qui tes parents et ta sœur sont allés, s'appelle Louisa, et qu'elle a des poules et des chats. »

D'un seul coup, j'ai toute l'attention de Guillaume. Ce simple détail a fait mouche.

« Tu vas réussir ton bac. Et tu seras architecte, comme tu le souhaites. Nous vivrons en Champagne, dans une belle maison en pierres, avec nos trois enfants. Et quelques chats !

– Excuse-moi, mais pourquoi est-ce donc si important que je sache tout ça ?

– Je ne sais pas. Mais j'ai compris, depuis que je suis revenue en 88, que tu savais déjà toutes ces choses, parce que sinon notre avenir aurait été différent de ce qu'il est. Et j'aime la vie que nous aurons, je ne veux pas qu'elle change. Je crois que je suis revenue précisément pour ça, pour faire en sorte que les choses soient telles qu'elles sont, parce que nous les aimons ainsi.

– C'est tout ? C'est juste ça ?

– Non. Il y a plus important. »

Et je me lance. Je parle à Guillaume de Philippe, de ma fuite dans onze ans, de Mathilde, qu'il élèvera comme sa propre fille, de Max et d'Eva, nos enfants. Je lui raconte notre dernière soirée ensemble avant mon réveil ici, Philippe qui revient dans la vie de Mathilde, et elle qui voudrait que Guillaume soit son père. Je lui dis ce que j'ai compris, avec l'aide de ma grand-mère, sur les raisons de ma présence ici.

« Donc, si je comprends bien, tu es venue me voir uniquement pour qu'on couche ensemble et que tu sois enceinte c'est ça ?

– Oui. C'est exactement ça.

– Tu m'as piégé, en fait.

– Il ne faut pas le prendre comme ça. Ce n'est pas un piège. Je comprends bien qu'à ton âge, tu n'aies pas encore envie de fonder une famille. Mais ça viendra plus tard. Tu n'as qu'à faire comme si on ne s'était jamais rencontrés. On se retrouvera dans quelques années.

– C'est n'importe quoi, tout ça, de toute façon.

– Oui, si tu veux. Tu n'as qu'à penser ça. Ce sera bien plus simple. Pour moi, ça ne change rien.

— Mais comment peux-tu être sûre que tu es enceinte ? Il faut un délai avant de savoir, d'habitude, non ?

— Si, si. Mais si j'ai bien compris la raison pour laquelle je suis ici et maintenant, c'est forcément le cas. Mais n'y pense pas, ce n'est pas grave. Pas important pour toi, maintenant, en tout cas. Je t'ai dit ce que je devais te dire. Tu l'as entendu, c'est tout ce dont j'avais besoin. Passons à autre chose.

— Et il va se passer quoi, maintenant ?

— Mais rien du tout ! On va faire encore l'amour, si tu veux – en tout cas moi j'en ai envie – puis on s'endormira, et demain... demain, je n'en sais rien. J'imagine que tu rentreras chez toi et que j'aurai oublié ton existence. Si tu préfères tu peux aussi partir maintenant, je ne t'en voudrai pas. Mais j'aimerai bien que tu restes. Je trouve ça merveilleux d'être avec toi... si jeunes !

— Je ne sais pas ce qui serait le pire... que tu sois complètement cinglée et qu'il ait fallu que ça tombe sur moi, ou que tu le sois pas et que tout ce que tu racontes soit vrai.

— Ah tu vois ! Tu commences à avoir des doutes.

— Non, aucun. Tu es complètement cinglée. Et la musique ?

– Il n'y aura pas de musique, Guillaume. Je suis désolée. C'était un prétexte pour entrer en contact avec toi.

– C'est dommage.

– Oui c'est dommage. Mais c'est comme ça. On jouera ensemble, chez nous, dans quelques années. Je te le promets. »

Guillaume m'en veut. Il est triste, je le vois bien. Je lui ai gâché un bon moment. Je n'aime pas le voir triste. Il reste silencieux un moment, puis reprend.

« Et puis merde. Je m'en fous. Tu me plais, même si tu es dingue. Je reste. Quand je suis allé dans ta salle de bains, j'ai vu une plaquette de pilules, donc pas de bébé. Je vais me dire que tout ça c'est un test pour voir si j'avais vraiment envie de rester. Tu n'as pas réussi à me faire peur. Raconte-moi ton histoire, tu racontes bien. Peut-être que tu pourrais en faire un livre ? Ou bien si tu me donnes assez de détails c'est moi qui l'écrirai… Dis-moi tout. Je suis tout ouïe. »

Je souris, je me blottis contre lui, prends quelques instants pour rassembler mes idées (je repense aux notes que j'ai prises hier soir), et je commence.

« Tout d'abord, je dois te dire que j'ai une assez mauvaise mémoire des dates, donc la chronologie sera un peu approximative. Je dois me souvenir de choses qui se sont passées il y a longtemps, de mon point de vue, et ça pourra être à un ou deux ans près. Je vais commencer par l'actualité, puis j'en viendrai à ce qui nous concerne.

Tout d'abord, il va y avoir la guerre du Golfe. En 90, je crois. Quelques mois seulement, je ne saurais pas te dire exactement les raisons de cette guerre mais la France s'y est engagée, dans les pays du Moyen-Orient. Depuis cette époque, il y a eu en France et dans d'autre pays des attentats terroristes, organisés par des fanatiques qui se disent musulmans mais qui ne sont que des extrémistes violents. En 93 – il me semble bien que c'était en 93, j'essaie de me repérer par rapport à d'autres choses que je peux dater ou l'âge de ma fille – une bombe a explosé dans la station de RER Port-Royal. Il y a eu beaucoup de victimes. A la même époque, à un ou deux ans près, des grèves ont paralysé tout Paris. Enfin, probablement toute la France, mais moi, je l'ai vécu à Paris. Pour ce qui est des attentats, les Tours Jumelles de New-York ont été intégralement détruites par deux avions kamikazes le 11 septembre... 2000 ? ou 2001, je n'arrive pas à me rappeler. Quand on en parle, ce sont toujours les « attentats du 11 septembre » (nine-eleven en anglais), mais on ne précise jamais l'année. Un troisième avion a plongé sur le Pentagone. Plus de trois mille victimes.

– Ça, c'est un peu gros, quand même. Une bonne histoire, ça doit rester crédible.

— En effet, on avait du mal à réaliser. Le monde entier est resté scotché. C'était énorme, inattendu, destructeur. On a tous vu les tours tomber en direct à la télé. C'est le plus gros attentat jamais perpétré, quels que soient l'époque et le lieu. Ensuite il y en a eu quelques autres, et les plus récents, dans ma mémoire, sont en janvier 2015, où ils sont entrés au journal Charlie Hebdo et ont abattu plusieurs journalistes et illustrateurs connus, et un peu moins d'un an plus tard, lorsqu'ils ont tiré sur la foule dans une salle de concert à Paris. Charlie Hebdo a fait seulement quelques victimes, mais c'était et c'est toujours un symbole : ils ont touché au cœur le principe de liberté d'expression. Dans la salle de concert il y a eu entre quatre-vingt et cent victimes. Je ne sais plus exactement non plus.

— Si ce que tu racontes devait se passer en vrai, je crois que je partirais tout de suite sur une île déserte. Je n'ai pas envie de vivre ça.

— Alors passons à des choses moins dramatiques... Mitterrand va finir son deuxième mandat, mais il mourra peu après. Il a un cancer. C'est Chirac qui sera élu après lui.

— Chirac ? Tu crois qu'on peut prendre des paris sur le résultat d'une élection ?

— Je n'en sais rien... Il a même été élu deux fois de suite ! La seconde, il a eu plus de quatre-vingt pour cent des voix. Mais pas parce qu'il était génial, loin de là, seulement parce que les électeurs de gauche ont massivement voté pour lui, enfin plus exactement contre son adversaire : Le Pen.

– Tu sais, je ne m'intéresse pas beaucoup à la politique. Je connais les noms mais je ne sais pas vraiment qui est de droite ou de gauche et qui fait quoi…

– Le Pen était – maintenant sa fille a pris le relai – le chef du Front National : l'extrême droite.

– L'extrême droite, ce n'est pas bon, c'est ça ?

– Les extrêmes sont toujours dangereux, quelle que soit la direction. Bon, si la politique ne t'intéresse pas, passons à d'autres choses intéressantes. Les nouvelles technologies, ça t'inspire ?

– Certainement plus que les présidents ou les attentats !

– Le maître-mot, c'est la miniaturisation. Beaucoup d'objets qui existent déjà aujourd'hui vont devenir portables, mobiles, parce que la technologie qu'ils renferment sera miniaturisée. Tout le monde aura un téléphone portable, sans fil. Au début ce sera juste un téléphone mais au fil des années on pourra faire de plus en plus de choses avec : prendre des photos, des vidéos, les envoyer, réserver un billet d'avion, aller sur internet, s'envoyer des messages écrits, consulter son agenda, lire et envoyer des mails…

– Internet ? Qu'est-ce que c'est ?

– Techniquement, ça existe déjà aujourd'hui, mais ça va se développer dans quelques années. C'est un système qui permet de communiquer d'un ordinateur à un autre, d'avoir accès à des banques d'information, d'utiliser des moteurs de recherche, de se parler comme on parle au téléphone mais en se voyant avec une caméra... Tu n'imagines même pas à quel point le monde va en devenir dépendant. J'avoue que moi la première, je l'utilise à longueur de journées et que je ne saurais plus faire sans. D'ailleurs, depuis que je suis en 88, j'ai l'impression d'être gourde, sans mon téléphone portable. Chercher un horaire de séance de cinéma, une adresse, un numéro de téléphone, une réponse à une question quelle qu'elle soit... Je ne sais plus comment m'y prendre.

– C'est complètement surréaliste, ton truc.

– Vu d'ici, oui, j'imagine. Mais pourtant tout va changer très vite. Tu pourras même regarder la télé sur ton téléphone en pleine rue ou sur la plage.

– Mais pour quoi faire ? On est mieux dans un fauteuil !

– Tu me fais rire. Tu es tellement mignon, naïf. Mais je suis désolée de t'apprendre que tu seras exactement comme les autres. Ah oui, les télés seront beaucoup plus grandes, et toutes plates. On pourra les accrocher au mur comme des tableaux.

– Ça c'est plutôt une bonne nouvelle. Comme un cinéma à la maison !

— C'est ça. Et des voitures électriques. Au lieu d'aller faire le plein à la pompe, tu la branches sur une borne électrique pour la recharger.

— Tu ne serais pas l'arrière-petite-fille de Jules Verne, par hasard ? Parce que tu es rudement créative ! On a étudié un de ses livres en classe il y a quelques années et il avait plein d'idées technologiques qui ont vraiment existé ensuite...

— Tu sais quoi ? Je vais peut-être te surprendre, mais toi et moi, on s'est rencontré sur internet. On a commencé par s'envoyer des messages écrits, puis on s'est parlé directement grâce à une petite caméra et un micro. Pour finir on a décidé de se rencontrer en vrai et notre histoire a commencé comme ça.

— Tu veux dire que je vais te draguer sans même t'avoir réellement rencontrée ? C'est absurde. Personne ne ferait ça. Trop risqué !

— Et pourtant... Il y en a déjà qui le font avec le minitel. Le support changera, mais le principe reste le même.

— Je ne suis pas convaincu...

— Je te rassure, tu ne me dragueras pas vraiment. On va sympathiser, et puis la *vraie* rencontre fera le reste. Tu as encore faim ? J'ai de la glace caramel - noix de pécan. Je l'ai achetée exprès pour toi, ça a toujours été ta préférée.

— Je n'y ai jamais goûté... Mais si c'est ma préférée je veux bien essayer ! »

20

Guillaume s'est endormi, après que nous ayons encore fait l'amour. Je suis allongée à côté de lui et je laisse mes pensées vagabonder… Il a adoré la glace, c'était la première fois qu'il goûtait ce parfum. Le Guillaume de 2017 l'adore aussi, et je suis maintenant certaine qu'il ne peut avoir oublié la première fois qu'il l'a goûtée. Demain matin, si tout se passe comme je l'ai imaginé, je pourrai enfin lui poser la question : savait-il ? m'a-t-il reconnu lorsque nous nous sommes rencontrés pour ce que je croyais être la première fois ?

Il faudrait que je m'endorme, pour me réveiller dans vingt-huit ans, mais le sommeil ne vient pas. Tous mes sens sont en éveil, je suis réceptive à chaque son, chaque odeur, chaque tache de lumière. Le bruit des moteurs des voitures qui passent dans la rue est différent de celui que je connais. La technologie a changé en presque trente ans… et cela s'entend. Si je ne parviens pas à m'endormir, que va-t-il se passer ? Non, bien sûr, je vais bien finir par sombrer, pourquoi je m'inquiète ? Je suis debout depuis sept heures ce matin et il est… minuit et demie !

Un bruit. Une clé dans la serrure. Pendant un instant ma tête est complètement vide, je ne parviens pas à mettre un sens sur ce que j'entends. Guillaume n'a pas bougé. Il dort profondément.

La porte d'entrée s'ouvre puis se referme, je comprends enfin ce qui se passe, je me lève, enfile un T-shirt et un short et me précipite vers l'entrée, en panique totale. *Philippe.*

« Bonsoir ma chérie, tu ne dors pas ? Après la soirée, un collègue qui rentrait à Paris en voiture m'a proposé de faire le trajet avec lui… Et comme tu m'as dit que tu n'étais pas là demain j'ai voulu passer la nuit avec toi. »

Philippe fait mine de s'avancer pour me prendre dans ses bras, je recule.

« Mais qu'est-ce qui se passe ? Tu ne veux pas m'embrasser ?

– Non, je ne veux pas. Je ne peux pas. Pas maintenant, pas ce soir. Je n'ai pas envie de te voir, rentre chez toi s'il te plaît. »

Philippe reste estomaqué, c'est la première fois que je lui parle ainsi. Je n'ai rien à voir avec la jeune fille docile et amoureuse qu'il connaît.

« Mais… Pourquoi ?

– Va-t'en. Maintenant. Je ne suis pas Emma. Pas *ton* Emma. Tu ne peux pas rester.

– Mais qu'est-ce que tu racontes ? Je ne partirai pas avant que tu m'aies expliqué pourquoi. Ça n'a pas de sens ! Il m'avait bien semblé que tu étais bizarre au téléphone, mais de là à…

– Voilà, c'est ça. J'étais bizarre au téléphone et je le suis encore. Tout va rentrer dans l'ordre demain. Alors, à demain. »

J'entends un mouvement en provenance du lit, notre conversation a réveillé Guillaume.

« Tu n'es pas seule ?

– Va-t'en !

– Réponds-moi ! Qui est avec toi ? »

Guillaume paraît dans l'embrasure de la porte de l'entrée, encore tout chiffonné de sommeil. Il a quand même pris la peine de s'habiller. Il est tellement beau ! Philippe le toise d'un regard furieux :

« C'est qui ce connard ?

– Ce n'est pas un connard. Tu vois, tu aurais dû partir dès que je te l'ai demandé.

– Attends, tu crois que je vais partir comme ça, sans rien dire ? Je viens faire une surprise à *ma* copine, je la trouve au plumard avec un guignol et je devrais juste repartir d'où je viens et vous laisser tranquillement finir ce que vous avez commencé ? Non mais tu rêves ! C'est lui qui dégage ! Connard ! Salope !

– Je suis un connard si tu veux, mais tu ne traites pas Emma de salope. Je partirai seulement si elle me le demande. »

Philippe a crié si fort que les voisins, dérangés, ont tapé sur la cloison. Il n'en tient aucun compte et se précipite sur Guillaume en hurlant des insultes que je ne lui avais encore jamais entendu dire. C'est la première fois qu'il m'a qualifiée de salope, mais cela ne sera pas la dernière.

Je crie moi aussi, lui demande de se calmer, sans succès. Il empoigne Guillaume qui se défend tant bien que mal, Philippe est plus maigre et bien moins sportif que lui mais animé par une telle rage que j'ai réellement peur qu'il le blesse. Il le pousse violemment contre le mur et l'y maintient plaqué, tandis que Guillaume agite ses bras de façon désordonnée, cherchant une prise qu'il ne trouve pas.

Le joli dessin encadré de mon petit frère tombe et le verre se fend en deux. Guillaume pousse un hurlement de douleur si puissant que Philippe, surpris, le lâche brutalement. Guillaume se laisse tomber sur le sol, son avant-bras saigne abondamment et a laissé sur le mur une longue trace rouge.

Le clou sur lequel était accroché le cadre a griffé sur le bras de Guillaume une longue balafre.

Accident de scooter. Tu parles. Si j'avais encore le moindre doute, il s'envolerait là, maintenant. Guillaume savait. Il n'a jamais eu d'accident de scooter. J'attrape ce qui me tombe sous la main – une taie d'oreiller – et l'enroule autour de son bras.

« Viens, Guillaume, je t'accompagne aux urgences. Il faut faire recoudre ton bras. On va juste déposer ton matériel chez toi, avant. Ça ira ? »

Guillaume hoche la tête. Je n'ai pas peur, j'ai mon brevet de secourisme et je sais que bien que sa blessure soit vilaine, Guillaume n'est pas en danger. Philippe, quant à lui, pleure en se tenant le visage dans ses mains. Pleure-t-il de tristesse ou de rage ? Je n'en sais rien. Un peu des deux sans doute. Je peux comprendre sa frustration. Rien dans mon comportement jusqu'à ce jour n'a pu lui laisser imaginer que je le trahirais de la sorte.

« Philippe ? On y va maintenant. Rentre chez toi. Je sais que tu ne peux pas comprendre, mais crois-moi, je ne t'ai jamais trompé. Pas sciemment en tout cas. Aujourd'hui ne compte pas. Demain j'aurai oublié, pour trente ans. S'il te plaît ne m'en veux pas. Oublie aussi, comme si ce soir n'avait jamais existé.

— Comment veux-tu que j'oublie ? Tu racontes n'importe quoi ! Qu'est-ce que c'est que cette histoire de trente ans ? Tu fais une crise de quelque chose ou quoi ? Tu as une maladie mentale dont tu ne m'as pas parlé ? »

Je sens la colère monter. Je pousse Guillaume et Philippe dehors, attrape les housses de batterie, sors à mon tour du studio et claque la porte violemment. Les voisins ouvrent leur porte, visiblement furieux : *« mais qu'est-ce qui se passe ici ? On va appeler la police si vous continuez votre boucan ! »*

Guillaume a commencé à descendre l'escalier. Je descends à sa suite, bousculant Philippe qui est resté les bras ballants sur le minuscule palier.

Nous sortons de l'immeuble. La rue Mouffetard est déserte. Notre pas est rapide, bien que je sois encombrée par les sacs de Guillaume. Il tient la taie d'oreiller qui commence à rougir serrée contre son bras. Philippe a disparu. Nous contournons l'église Saint Médard, puis nous dirigeons vers la rue Monge. Plus que trois minutes de marche et nous serons arrivés chez Guillaume.

Alors que nous nous apprêtons à traverser la rue, j'entends quelqu'un courir derrière moi. A peine ai-je le temps de me retourner que Philippe se jette sur moi, suant et vociférant. Il a visiblement repris ses esprits et a l'air déterminé à me faire payer ma faute. Effrayée, je laisse sur place les affaires de Guillaume et cours droit devant moi pour lui échapper. Guillaume tente de le retenir mais n'y parvient pas. Tout va très vite. Il hurle « Emma ! », la lumière des phares, un choc, tout est noir, plus rien.

Troisième jour

21

« Emma ? »

Je sors tout doucement du sommeil. Je suis dans mon lit, enfin je crois. L'odeur, la chaleur, la texture de l'oreiller me sont familiers.

« Emma, réveille-toi ma chérie, c'est l'heure. »

Je marmonne une réponse inintelligible en essayant péniblement d'ouvrir les yeux.

« Allez, debout, marmotte ! Qu'est-ce qui t'arrive ? Tu as mal dormi ? Les enfants sont déjà en train de prendre leur petit déjeuner. Mathilde est déjà partie. »

Je me réveille pour de bon, m'assois dans le lit et le regarde avec des yeux écarquillés.

« Guillaume… Guillaume !

– Oui… C'est moi… Qui voulais-tu que ce soit ? » me répond-il d'un air amusé.

« Oh Guillaume, je suis tellement contente de te voir ! J'ai… J'ai eu si peur de ne jamais revenir ! J'ai réussi ! »

Guillaume s'assoit sur le bord du lit, me regarde droit dans les yeux et dit, après un long silence : « D'accord. On en reparle tout à l'heure. »

Tout tourne dans ma tête. Je me repasse en boucle le film de ces deux derniers jours. Je n'ai pas rêvé. J'ai réussi.

Un millier de questions se télescopent : que s'est-il passé après mon accident ? Nous sommes-nous rencontrés par un réel hasard, beaucoup plus tard, ou Guillaume m'a-t-il surveillée, attendue, recherchée toutes ces années ? Comment annoncer à Mathilde qu'elle est la fille de Guillaume ? Et puis d'ailleurs, me croira-t-elle ?

Guillaume a déjà rejoint les enfants dans la cuisine. Il a laissé la porte ouverte et j'entends Max et Eva se chamailler. Je sors du lit, lentement, précautionneusement comme à mon habitude. J'ai un peu mal dans les épaules, je sens mon dos vulnérable. Mon corps de quarante-sept ans... Debout devant le grand miroir de la chambre, je m'inspecte, comme je l'ai fait il y a deux jours – *il y a vingt-huit ans* – et ne peux que constater à quel point les années ont eu raison de ma jeunesse. Je suis molle, j'ai des plis dans le cou, la peau de mon visage est relâchée, les contours de mes hanches sont imprécis... J'ai vieilli. Mon Dieu comme j'ai vieilli ! J'ai une boule dans la gorge, les yeux humides.

« Tu es belle. Tellement belle, Emma. N'en doute jamais. »

Guillaume se tient dans l'embrasure de la porte et me regarde. Je me jette dans ses bras et je pleure toutes les larmes de mon corps.

« Prends ton temps, ma chérie. Mathilde est partie très vite, elle ne voulait pas être en retard à son travail. Je vais emmener les petits à l'école et on pourra parler à mon retour. »

Guillaume savait, tout ce temps. Ce n'est pas possible autrement. Tout ce que nous avons vécu en mai 1988 a réellement eu lieu.

« Tu savais ?

– J'ai douté, longtemps. Mais au fur et à mesure que le temps passait, que certains évènements dont tu m'avais parlé survenaient, j'étais de plus en plus certain que tu m'avais dit la vérité. Et puis cette semaine, quand Mathilde nous a dit que son père lui demandait une pension… J'ai compris que c'était imminent. Hier, j'ai reconnu la soirée que tu m'avais décrite il y a si longtemps. J'ai compris que si tout ce que nous avons vécu en 88 était vraiment ce que tu croyais, c'était maintenant que ça devait arriver.

– Tu savais et tu ne m'as jamais rien dit !

– Tu m'avais fait promettre. Tu m'avais fait jurer. J'ai brûlé de te le dire un nombre de fois incalculable, mais tu avais raison, tu ne devais pas savoir avant aujourd'hui. Ce que nous avons est parfait, il ne fallait rien changer.

– Je ne sais pas si je dois te remercier ou t'en vouloir… Je croyais que nous n'avions aucun secret l'un pour l'autre.

– C'est la seule chose que je ne t'ai jamais dite, et seulement parce que tu me l'avais demandé. »

Max et Eva entrent en trombe dans la chambre, cartable au dos, chaussures aux pieds.

« On est prêt ! Bisou Maman, à ce soir ! Heu… Vous faites quoi ? »

Je suis entièrement nue, debout, dans les bras de Guillaume, le visage baigné de larmes.

« Tout va bien les enfants. Maman a fait un cauchemar et elle avait besoin d'un câlin. En route ! A tout de suite, Emma. Je reviens très vite. »

22

J'ai entendu la clé tourner dans la serrure. Je descends l'escalier qui mène à l'entrée.

« Emma ? Je suis revenu. Comment te sens-tu ?

– Ça va. Enfin je crois. J'ai tellement de questions à te poser que je ne sais pas par où commencer.

– Oui, j'imagine. Tu as déjeuné ?

– Non, pas encore, mais j'ai faim. »

Guillaume m'entraîne dans la cuisine. Il débarrasse le petit déjeuner des enfants tandis que je prends un bol propre dans le vaisselier et mets la bouilloire en route. Je sens Guillaume un peu mal à l'aise. Il sait que je vais le cuisiner, et qu'une fois que nous aurons entamé cette conversation, nous ne l'interromprons pas avant d'en être arrivés au bout. Ça risque de durer un moment.

Je sors un sachet de thé, du Earl Grey, encore et toujours. Je repense à la réflexion que je m'étais faite à Paris, avant-hier il y a vingt-huit ans, et je ne peux m'empêcher de compter les sachets restant dans la boîte. Il en reste neuf. De quoi tenir une petite semaine : je suis la seule à en boire.

Guillaume se prépare un café et le bourdonnement de la machine à dosettes emplit la cuisine. C'est une belle invention, je trouve ce café bien meilleur que celui que je préparais autrefois dans ma vieille cafetière à filtres. Je réalise que je traîne beaucoup moins souvent dans les bars depuis que je peux avoir le vrai goût d'un expresso sans sortir de chez moi. Mais est-ce la seule raison ?

Je sors deux pains au chocolat industriels habituellement destinés au goûter des enfants – pratiques à mettre dans leur sac d'école parce que déjà emballés. Je suis trop impatiente d'avoir les réponses à toutes mes questions pour prendre le temps de me beurrer des tartines.

Guillaume et moi sommes enfin assis, face à face. Prêts. Nous pouvons commencer.

« Tout ça est vraiment arrivé alors ? Ce n'était pas un rêve ?

– Oui. J'en garde un souvenir très précis, même après tout ce temps.

– Qu'est-ce qui s'est passé à la fin ? J'ai été renversée par une voiture, c'est ça ? Et tout de suite après, je me suis réveillée ce matin.

– Tu as été renversée par une voiture, effectivement. Philippe est devenu fou. Il gueulait, appelait à l'aide, toi tu étais inconsciente. Et moi pauvre gamin que j'étais je ne savais pas quoi faire, là, encombré de mon matériel et le bras qui pissait le sang. J'imagine que quelqu'un a dû prévenir les secours parce qu'ils sont arrivés très vite. Ils se sont occupés de toi, ils ont regardé mon bras aussi et m'ont dit que j'avais besoin de points de suture et qu'il fallait que j'aille rapidement dans un service d'urgence.

Ils t'ont mise dans l'ambulance, Philippe est monté avec toi, j'ai à peine eu le temps de demander où ils t'emmenaient et je me suis retrouvé tout seul.

J'ai remonté mes sacs à la maison puis je suis reparti à pieds aux urgences de la Salpêtrière. Philippe m'avait fait peur, je ne voulais pas d'histoires, j'ai dit que j'étais tombé en scooter. Le lendemain je suis retourné à l'hôpital pour prendre de tes nouvelles. Je suis passé devant ta chambre, la porte était ouverte. Tu étais avec tes parents, je n'ai pas voulu vous interrompre. Tu étais consciente et tu avais l'air d'aller plutôt bien, ça m'a rassuré. En sortant j'ai croisé Philippe, j'ai tenté de l'éviter mais il est venu se planter droit devant moi et m'a dit de ne plus jamais m'approcher de toi, que de toute façon tu ne te rappelais de rien et que c'était bien mieux comme ça.

– Et c'est ce que tu as fait ?

– Non, j'avais envie de te revoir. Toi aussi tu m'avais demandé de ne pas chercher à te retrouver mais je n'ai pas pu m'empêcher d'essayer quand même. J'avais remarqué que les malades hospitalisés sortaient souvent fumer, il y avait un endroit prévu pour ça, abrité, avec un gros cendrier. Je me suis dit que tu finirais certainement par sortir toi aussi, alors je me suis installé dans un coin et j'ai attendu. J'ai vu Philippe partir, cette fois-ci il n'a pas remarqué ma présence, puis tu es arrivée. Tu as allumé une cigarette et je suis venu vers toi. Tu ne m'as pas reconnu. Tu t'es comporté avec moi comme si c'était la première fois qu'on se voyait. J'étais juste un inconnu qui te demandait du feu. C'était... bizarre. J'étais triste, déçu. Je suis rentré chez moi.

– Et c'est tout ?

– Je suis passé chaque soir jeter un œil au *Roi du Café*. Tu n'y es plus revenue. J'ai traîné vers chez toi aussi, et un jour, peut-être trois ou quatre semaines après notre rencontre, je t'ai vue sortir, avec ton père : vous chargiez une voiture et tu étais visiblement en train de déménager.

– Je suis allée vivre avec Philippe.

– Oui je sais, tu me l'as déjà dit. Tu portais un T-shirt rouge, un short en jean et tu avais attaché tes cheveux. C'était la dernière fois que je te voyais avant longtemps.

– Tu ne m'as pas cherchée alors ?

– Non. Enfin, pas tout de suite. Tu m'avais demandé de ne pas le faire. Et d'ailleurs, je n'aurais pas su comment m'y prendre. Il n'y avait pas internet et j'étais encore un gosse !

– Dis-moi la vérité. Quand on s'est rencontré, enfin, retrouvés quinze ans après, c'était par hasard ou pas ?

– Je t'ai cherchée. Dès qu'internet est apparu j'ai essayé de te retrouver. Je n'ai jamais réussi, tu t'étais mariée avec Philippe et tu portais son nom que je connaissais pas. J'ai abandonné après quelques années. Quand on s'est retrouvés, c'était vraiment le hasard, mais je t'ai reconnue dès la première seconde. Tu n'imagines pas à quel point ça m'a été difficile de faire semblant de te découvrir pour la première fois.

– Tu es bon comédien ! Et toi tu imagines à quel point c'est perturbant pour moi de me dire que tu faisais semblant ?

– Ça ne change rien. Rien du tout. Je serais tombé amoureux de toi de toute façon. Et puis on ne peut pas dire que je te connaissais. On s'est vus deux jours quand on avait dix-neuf ans... J'ai vraiment fait ta connaissance à ce moment-là.

– Et toutes ces années tu ne m'as jamais rien dit.

– Parce que tu me l'avais demandé. Et aussi parce que...

– Parce que quoi ?

– Parce que je te croyais.

– Comment ça ?

– Tout ce que tu m'avais dit sur le futur, tout ce qui allait arriver... Cela m'avait paru complètement absurde au moment où tu l'avais dit mais les années passant, je me suis rendu compte que tout ce que tu avais prévu était exact. Et puis surtout, j'avais… Attends, je vais te montrer. »

Guillaume lève un doigt pour me signifier de ne pas bouger et quitte la pièce un moment. Je l'entends fouiller dans son attaché-case professionnel. Si ce qu'il doit me montrer ne devait pas se retrouver devant mes yeux avant aujourd'hui, c'est effectivement le meilleur endroit pour le dissimuler, puisque je n'ai jamais ouvert sa mallette et que je n'ai strictement aucune raison de le faire.

« Regarde. »

23

« *À **faire*** : séduire Guillaume. Coucher avec lui, faire Mathilde.

Éviter tout contact avec Philippe.

Ne pas faire : *laisser des traces, risquer de changer l'avenir par rapport à 1988.*

Faits marquants *de l'avenir ou choses n'existant pas encore en 1988 qui, si j'en parle, pourraient prouver a posteriori que je viens bien de 2017 :*

Les téléphones mobiles, bientôt

Internet

Facebook... »

« Mais c'est ma liste ! Comment l'as-tu eue ? J'avais prévu de la détruire mais je n'y ai plus pensé après…Comment est-ce qu'elle a pu arriver jusqu'à toi ?

— Quand j'ai rangé mes affaires j'ai rassemblé les notes de rythme que j'avais prises, la feuille où tu avais noté quelques titres de morceaux et deux ou trois partitions que tu m'avais laissées. La liste était sous la pile, je l'ai embarquée sans le faire exprès. Je l'ai découverte plus tard, chez moi.

— Et tu as cru tout ce qui était écrit dessus ?

— Non, pas au début. D'ailleurs ça m'a même un peu aidé à me consoler de t'avoir perdue parce que c'était la preuve que tu étais réellement dingue. Mais... je l'ai quand même conservée, à cause d'un détail qui me chiffonnait. Et puis au fil des années j'ai pu vérifier que tout ce que tu y avais écrit était exact.

— Quel détail ?

— Tu avais mentionné mon accident de scooter... Et ça, c'était déjà arrivé. Le fait que tu connaisses la version officielle et pas la vérité sur ma blessure était cohérent avec ce qui venait de se passer. Ça m'a fait réfléchir. J'y croyais peut-être un peu, mais je n'en avais pas du tout envie. Il y avait pas mal de choses que tu annonçais qui me paraissaient terribles.

— Comme la mort de ta mère...

— Oui.

— Je suis désolée. Je n'ai pas imaginé un seul instant que tu pourrais lire cette liste. C'était cruel.

— Je ne voulais pas y croire, mais au fond de moi je savais que tu avais raison. Elle allait de plus en plus mal. On n'est jamais sûr de rien bien sûr, mais c'était une possibilité malheureusement tout à fait envisageable. Et c'est arrivé, finalement.

— Pardon...

— Non, tu n'as rien à te faire pardonner. Je dirais même le contraire : tu m'as aidé à comprendre que j'allais la perdre, et j'ai profité du temps qui me restait avec elle du mieux que j'ai pu. J'aurais certainement été plus insouciant, plus « sale gosse », si je n'avais pas lu ta liste.

– Est-ce que… est-ce que tu l'as montrée à quelqu'un ?

– Non, jamais. Ah, et il faut que je te raconte quelque chose. Tu sais, à l'époque où j'étais avec Céline, on partait souvent en week-end…

– Oui je sais, tu m'as déjà parlé de Céline.

– On est allés à Londres, juste pendant la coupe du monde de football de 98. A l'époque les paris sportifs étaient encore interdits en France mais en Angleterre on pouvait jouer à tous les coins de rue.

– Tu as parié sur la victoire de la France ?

– Mieux que ça. J'ai parié sur le score.

– Tu es millionnaire et tu me l'as caché ?

– J'aurais bien aimé, mais j'avais parié une toute petite somme. Je suis quand même reparti avec près de trente mille Francs en liquide. Je t'ai bénie ce jour-là !

– Tu aurais dû jouer plus gros !

– Je n'en avais pas les moyens… Et puis j'avais quand même de gros doutes ! Il y a autre chose, aussi…

– Quoi donc ? Finalement il n'y avait pas grand-chose sur cette liste, tu sais.

– Pas grand-chose, peut-être, mais tu m'as sauvé la vie.

– Comment ça, sauvé ta vie ?

– L'attentat des Tours Jumelles. Sur ta liste, tu avais hésité pour l'année. Tu avais écrit *« Les tours jumelles, 11 septembre. 2000 ? 2001 ? »*. En 2000, il ne s'était rien passé. Je savais donc que ça allait se produire le 11 septembre 2001. Enfin, je savais... Je veux dire que j'y croyais pas mal mais je n'avais bien sûr aucune certitude... Plus tard, j'ai regretté de ne pas t'avoir crue sans réserve, de ne pas avoir prévenu. J'aurais peut-être pu sauver des vies... Ceci dit si j'avais parlé on m'aurait probablement pris pour un dingue, tout comme je t'ai prise pour une dingue à l'époque, ou bien on m'aurait enfermé en disant que si je savais cela c'est que j'étais complice avec ceux qui l'avait fait...

– Probablement. C'est atroce de dire ça, mais tu n'avais aucun droit de changer ce qui devait arriver. Quand je suis revenue en 88, j'avais très peur de changer quoi que ce soit qui aurait pu avoir des conséquences sur l'avenir.

– Tout ça pour te dire que précisément à ce moment-là nous étions en contact avec un cabinet d'architectes new-yorkais et qu'il était question que travaillions sur un projet commun. Nous devions les rencontrer et ils nous avaient proposé de le faire dans leurs bureaux qui étaient justement situés dans une des tours. J'ai paniqué. J'ai inventé une excuse bidon pour ne pas faire le voyage et finalement la rencontre s'est faite à Paris. Les tours ont été détruites pendant qu'ils étaient ici. Le projet est resté à l'état de projet, ils n'avaient plus de bureau, toutes leurs archives ont été détruites. Ils n'ont jamais repris leur activité. Le patron a tout laissé tomber et est parti vivre à la campagne. Fin de l'aventure.

— Tu m'avais déjà parlé de cette histoire, je crois, mais pas du fait que la rencontre était initialement prévue à New-York !

— Bien évidemment ! Comment aurais-je pu t'en parler sans te donner les raisons de mon refus d'y aller ? »

Je sens que Guillaume est sur le point de s'emporter. Il n'a jamais été colérique mais j'imagine que trop d'émotions l'assaillent en même temps. Avoir gardé pour lui toutes ces informations si longtemps et pouvoir – enfin – les dire doit être exaltant. Il est en train de déposer un fardeau qui, comme les poignées d'un sac trop lourd, aurait laissé des sillons douloureux dans sa chair. Il voudrait le jeter d'un seul coup mais essaie pourtant de le lâcher délicatement pour ne pas se faire encore plus mal.

« Je vais me refaire un thé. Tu en veux aussi ?

— Oui, merci. Excuse-moi.

— C'est pas grave. T'inquiète pas. Tout va bien.

— Emma ?

– Oui ?

– J'ai peur.

– Pourquoi ? De quoi ?

– Jusqu'à maintenant, je savais que tout allait bien se passer. Je savais qu'aujourd'hui nous serions ensemble, heureux, et que nos enfants iraient bien, parce que tu me l'avais dit et parce que finalement je t'ai crue... A partir d'aujourd'hui, je ne sais plus rien. »

24

Le malaise furtif que j'avais ressenti lorsque j'attendais Guillaume, installée à la terrasse du café de la rue Larrey, revient brusquement, plus précis. C'était donc cela que j'avais pressenti. Guillaume, mon pilier, ma force, si sûr de lui, ne l'était que parce qu'il avait la certitude que les petits tracas de notre existence commune n'auraient pas de conséquences. Mais aujourd'hui l'horizon de ses certitudes se bouche et il ne sait plus rien.

Moi aussi j'ai peur. Va-t-il changer ? Va-t-il cesser d'être solide et rassurant comme je l'ai toujours connu ? Mon *voyage* aura-t-il finalement changé quelque chose ? Assurément, nous ne pourrons plus jamais être les mêmes après cela. Et Mathilde…

– Guillaume. Mathilde est *vraiment* ta fille.

– Oui, je sais.

– Mais comment as-tu pu vivre toutes ces années auprès d'elle sans jamais lui dire, ça a dû être terriblement frustrant !

– Ça l'a été, en effet. Mais il était trop tôt. Tu n'étais pas capable de l'entendre, de le croire. Et puis tu m'avais demandé de garder le secret jusqu'à aujourd'hui. Mais j'ai été son père malgré tout. Je suis heureux qu'elle m'ait accepté comme tel.

– Oui, ça n'aurait pas pu mieux se passer. Tu es son père. A ses yeux il n'y en a pas d'autre.

– J'ai quand même douté…

– Comment ça douté ? J'ai souvent trouvé qu'elle te ressemblait. D'ailleurs je n'étais pas la seule à le dire, je mettais ça sur le compte du mimétisme mais maintenant je sais pourquoi !

– J'ai quand même eu besoin de vérifier. J'ai pris quelques cheveux sur sa brosse et je les ai envoyés à un laboratoire dont j'avais vu la publicité sur internet et j'ai demandé un test ADN de paternité.

– Tu as fait ça !?

– Oui. Je ne sais pas si c'était bien ou mal mais je l'ai fait. J'avais besoin de savoir. D'être sûr. Je n'en pouvais plus de faire des suppositions, de recompter les jours, de vérifier sa date de naissance, son heure de naissance, de scruter le moindre trait de son visage, de sa silhouette, de la comparer à ceux de ma mère, de ma sœur, je devenais fou ! Je l'aime tellement fort…

– Est-ce que tu l'aurais aimée moins fort si elle n'avait pas été ta fille ?

– Je n'en ai aucune idée. Je ne crois pas. C'était une évidence. Je t'aime, elle est ta fille, donc je l'aime. Ça fait partie du *pack*. L'une ne va pas sans l'autre.

– Est-ce qu'on va lui dire ?

– Elle a le droit de savoir. Et puis ça facilitera le rejet de la demande de Philippe. Mais je ne sais pas du tout comment lui présenter la chose. A vrai dire, je n'en ai aucune idée.

– Elle ne va pas nous croire. Cette histoire de retour dans le passé et de mémoire retrouvée c'est quand même assez dingue, non ? »

Oui, dingue. Complètement délirant. Qui le croirait ? Et même en lui montrant le résultat du test ADN... Elle en voudra certainement terriblement à Guillaume de ne pas le lui avoir dit plus tôt.

Il faut que j'aille parler à Philippe. Il faut que ce soit lui qui lui dise qu'il n'est pas son père, et qu'il abandonne sa demande de pension.

25

« Mathilde ? C'est Maman. Rappelle-moi dès que tu peux, s'il-te-plaît. »

Elle est au travail, bien sûr, elle me rappellera certainement au moment du déjeuner.

« Alors, toujours rien ?

– Non, elle ne répond ni aux appels ni aux sms. Je crois qu'il va falloir qu'on se débrouille sans elle. »

J'avais espéré que peut-être l'adresse de Philippe figurerait sur les documents que lui avait remis l'avocat, mais nous sommes visiblement bons pour une recherche sur internet.

Philippe Larcher.

« Bonjour Madame Larcher, elle pousse bien votre petite! Pas trop cuite, comme d'habitude, la baguette ? »

J'ai été *Madame Larcher* pendant presque douze ans. Des souvenirs remontent, j'ai l'impression de les emprunter à quelqu'un qui n'est pas moi. Je suis tellement différente aujourd'hui !

J'ai vu Philippe pour la dernière fois au Tribunal, il y a quinze ans, lorsque notre divorce a été prononcé. Je n'ai plus jamais eu de ses nouvelles, si ce n'est quelques années après, par l'intermédiaire de Mathilde qui avait définitivement clos le chapitre *enfance* de sa vie.

Je ne sais même pas dans quelle ville il vit. En région parisienne probablement, le connaissant il a dû rester où il était, il aimait ses habitudes et craignait le changement. A Paris même ou en proche Banlieue. Et si c'est la Banlieue, ce sera la Banlieue Sud.

Nous entamons les recherches et l'annuaire téléphonique en ligne nous recrache quatre réponses possibles. Un *Philippe Larcher* dans le 11ème arrondissement de Paris, un *P. Larcher* dans le 19ème, un autre *P.* à Vitry-sur-Seine et un *Philippe* à Montrouge.

Philippe n'a jamais été inscrit sur liste rouge, du moins à l'époque où nous étions ensemble. J'imagine que cela doit toujours être le cas : il est donc fort probable qu'il soit l'un des quatre que nous avons trouvés... Pour savoir lequel, il nous faudra les appeler.

« Il faut que j'aille au bureau cet après-midi. Si tu veux j'essaierai de les appeler de là-bas.

– Oh oui, merci. Je veux bien. Je préfère que tu le fasses en fait. Essaie d'inventer quelque chose de plausible, juste pour vérifier que c'est bien lui mais je voudrais y aller sans qu'il m'attende. Je voudrai lui parler en face-à-face, directement.

– Je viendrai avec toi.

— Non, je crois qu'il vaut mieux que j'y aille seule.

— Tu es sûre ?

— Oui.

— Je ne serai pas loin, alors. Je t'attendrai dans la voiture.

— Si tu veux, mais je suppose que je ne crains pas grand-chose. Si j'en crois ce que l'avocat a dit à Mathilde, il est très diminué. Je saurai me défendre s'il s'énerve. Et puis je suis une grande fille maintenant, il ne me fait plus peur. »

* * *

Je suis seule à la maison. Enfin au calme, je peux réfléchir à tout ce que j'ai vécu ces derniers jours… ou cette nuit, en rêve. Je ne sais pas comment je dois le formuler : hier, avant-hier, cette nuit ? Il y a vingt-huit ans ? Peut-être devrais-je l'écrire. Ecrire m'a toujours aidé à mettre mes idées à plat, au clair. J'ouvre mon petit ordinateur portable, extension de mon âme, je m'installe à la table de la cuisine avec un troisième thé et je commence à écrire.

Ce matin, je me suis réveillée dans l'appartement de Philippe, aux côtés de celui qui allait un peu plus tard devenir mon premier époux. Tout est exactement comme lorsque j'étais sur le point de quitter mon studio du cinquième arrondissement de Paris…

J'enchaîne les lignes et les pages, chaque détail de mon *voyage* me revient, net, précis. Une bouffée d'émotion me submerge lorsque j'en viens au chapitre de ma grand-mère. Je fais une pause, je sors sur la terrasse et allume une cigarette. Presque trente ans après, je n'ai jamais réussi à arrêter. Il y a bien eu quelques fois où j'ai tenté de m'éloigner momentanément du tabac mais je n'ai jamais tenu plus de quelques semaines.

Je suis assise sur les marches qui montent au jardin. Bien que nous disposions de chaises en plastique sur la terrasse, j'ai toujours préféré cet endroit. Entre le mur de la maison et le prunier, les quatre marches sont à l'abri du vent. A l'abri du soleil que je supporte mal, même lorsque la température est raisonnable. Je préfère l'ombre. Les marches sont en pierre et lorsqu'il a plu, elles sèchent toujours plus vite que les chaises. C'est décidément *ma* place. Nous avons quitté la région parisienne pour la Champagne il y a quelques années et c'est un choix que je n'ai jamais regretté. Enfin je me sens chez moi.

J'allume une deuxième cigarette et je réalise que je suis en train de pleurer. Les larmes coulent toutes seules, silencieuses. Je ne suis pas triste, c'est juste la tension qui se relâche après toutes ces aventures. Je suis revenue. J'ai retrouvé *mon* Guillaume. J'ai retrouvé mes enfants. J'ai retrouvé mon âge, mes rides, ma maison, ma vie. J'ai retrouvé mes souvenirs.

Je vais avoir besoin de toute mon énergie pour affronter Philippe. Je ne le crains plus mais le voir en face de moi va forcément me rappeler de mauvais moments. Je ne veux pas pleurer devant lui. Je ne veux pas paraître faible. Je veux être plus forte que lui. Et je veux que ce soit la dernière fois de ma vie où je le verrai.

Je retourne à mon ordinateur portable et je poursuis l'écriture de mes deux jours en 1988.

Peut-être devrais-je les faire lire à Mathilde ? Peut-être comprendrait-elle, alors ?

Mathilde, justement, qui ne m'a toujours pas répondu. Il est près de quatorze heures et je suis sans nouvelles. Peut-être que son téléphone portable ne fonctionne pas ? Je tente la ligne fixe de son bureau.

« Bonjour, je voudrais parler à Mathilde, s'il vous plaît.

– Je suis désolée mais Mathilde est absente aujourd'hui, puis-je prendre un message ?

– Je suis sa mère. Non, pas de message. Absente ? Elle a dit pourquoi ?

– Non, elle n'a rien dit. Elle a laissé un bref message sur notre répondeur, avant l'ouverture, pour prévenir qu'elle prenait sa journée. »

Je raccroche, inquiète. Cela ne lui ressemble pas. J'appelle Guillaume.

« Guillaume ? C'est moi. Est-ce que tu as parlé à Mathilde aujourd'hui ? Elle t'a appelé ?

– Non, je l'ai juste vue ce matin à la maison. Pourquoi ?

– Je viens d'appeler à son travail et elle n'y est pas allée. Elle était comment ce matin ?

– Je n'en sais rien… A vrai dire je l'ai aperçu quelques secondes quand je me suis levé, elle était déjà habillée et elle est partie quasi immédiatement. Elle m'a juste dit qu'elle filait parce qu'elle était déjà en retard pour son travail et puis voilà… Pas le temps de dire ouf, elle avait déjà disparu.

– Je suis inquiète.

– Oui, je suis d'accord avec toi. Ça ne lui ressemble pas. Mais ce n'est probablement rien de grave. Elle est grande, hein ! Elle a le droit de ne pas tout nous dire… On aura certainement des nouvelles bientôt.

– J'espère que tu as raison.

– Allez, ne t'en fais pas. Je devrais être à la maison assez tôt. Je finis de travailler sur un dossier et j'essaie d'appeler les *Philippe*. Je te dirai ce que j'aurai trouvé en rentrant.

– Je t'aime, Guillaume.

– Fort. Je t'aime fort. A tout à l'heure.

26

Je suis allée chercher Max et Eva à l'école, nous sommes rentrés par les chemins de vignes et nous avons vu quelques lapins. Arrivés à la maison, nous avons goûté – moi aussi j'ai goûté – puis il a été l'heure de réviser leurs leçons. La fin d'après-midi s'est déroulée à toute vitesse et je n'ai eu que peu de temps pour penser à Philippe ou m'inquiéter au sujet de Mathilde.

Guillaume est arrivé vers dix-neuf heures. Ainsi qu'il le fait toujours lorsqu'il rentre tôt, il s'est dirigé vers la cuisine et s'est chargé de la confection du repas. Cet arrangement nous convient bien. Je n'ai jamais aimé cuisiner et de toute façon c'est toujours meilleur lorsque c'est lui qui prépare…

Les enfants jouent dans leur chambre et je rejoins Guillaume.

« Toujours aucune nouvelle de Mathilde ?

– Non aucune. On réessaiera de l'appeler après manger. Arrête de t'inquiéter.

– Mais si, je n'y peux rien, elle n'a jamais fait ça avant.

– Mais arrête je te dis ! Moi aussi ça m'angoisse, et pour la première fois depuis presque trente ans, je ne sais pas ! Je n'ai aucune idée de ce qui va se passer ! Je ne peux pas te rassurer – *me* rassurer – en me disant que de toute façon dans cinq ans, dans dix ans, elle sera là, avec nous, et que tout ira bien !

– Je…

– Pardon. Excuse-moi. Je ne voulais pas crier. Tu n'y es pour rien. Il faut que j'apprenne à vivre sans certitudes.

– C'est ce que je fais depuis ma naissance. Ce n'est pas mal non plus, tu verras. Tu t'y feras.

– Le dîner est prêt. On en reparle après manger, quand les enfants seront couchés ? Et j'ai appelé les *Philippe* aussi. J'ai réussi à en joindre trois sur les quatre. Ce n'était aucun d'eux. Il reste celui de Montrouge. On réessaiera ce soir, d'accord ? »

* * *

Eva et Max ont un peu rechigné à aller au lit, comme chaque soir. Il a fallu batailler pour qu'ils acceptent de mettre leur pyjama, de se brosser les dents. Nous les entendons pouffer et se chamailler dans leur chambre, mais cela fait partie de leur rituel du soir. Bientôt ils seront endormis.

J'ai tenté à nouveau de joindre Mathilde, sans succès. Guillaume lui a envoyé plusieurs messages qui sont eux aussi restés sans réponse.

« Bon. Laissons-la vivre. Si demain on n'a pas de nouvelles j'irai voir chez elle. Il reste un *Philippe* à appeler. Celui du 11ème était un monsieur très âgé, et les *P.* correspondaient à d'autres prénoms : une *Patricia* et un *Paul*. »

Guillaume fouille dans son attaché-case et en ressort la feuille sur laquelle nous avions noté les numéros de téléphones et les adresses des résultats de notre recherche, puis saisit le téléphone sur sa base et compose le numéro. Il allume le haut-parleur pour que je puisse entendre la conversation.

« Allo ?

– Bonsoir, je voudrais parler à Monsieur Philippe Larcher, s'il vous plaît ? »

Il me semble avoir reconnu la voix de Philippe, mais il est m'est difficile d'en être certaine après un simple *allo*. Au bout de la ligne, il n'y a plus qu'un long silence.

« Allo ? Monsieur Larcher ?

– Votre numéro s'affiche. Je le reconnais. Je ne m'en suis jamais servi, mais je l'ai noté. Au cas où. Tu dois être Guillaume. Je n'ai pas envie de te parler. Passe-moi Emma, maintenant. »

Guillaume me lance un regard interrogateur et j'acquiesce de la tête. Il me tend le combiné. Je prends une grande respiration puis le saisis d'une main mal assurée.

« Allo ?

– Bonsoir Emma. Ça me fait plaisir de t'entendre.

– Philippe. Il faut qu'on se voie. Il faut qu'on parle.

– Je suis d'accord. Ce sera mieux qu'au téléphone.

– Quand ?

– Je suis fatigué et malade, ça tu le sais déjà, et j'ai eu une longue journée. Demain matin, si tu veux bien.

– Philippe ?

– Oui ?

– Est-ce que Mathilde t'a contacté ?

– Elle est sortie de chez moi il y a à peine une demi-heure. Elle m'a prévenue que tu allais m'appeler. Elle va bien. À demain, Emma.

– Comment ça, elle t'a prévenu ?! Mais elle n'en savait rien !

– On en parlera demain, Emma. Bonne nuit. »
Un déclic, puis le silence. Philippe a raccroché.

Quatrième jour

27

Il est six heures trente du matin. Je n'ai pas fermé l'œil de la nuit. J'ai cherché en vain le sommeil, mais cela tournait à une telle vitesse dans ma tête que j'ai finalement abandonné l'idée d'avoir un peu de repos avant de prendre la route pour aller rencontrer Philippe. J'ai pensé à Mathilde, dont je n'ai toujours aucune nouvelle bien que j'aie à nouveau tenté de la joindre plus tard dans la soirée, j'ai pensé à Philippe, à toutes ces années passées avec lui. Je me suis serrée contre Guillaume, je crois qu'il ne dormait pas non plus.

Les enfants ne se réveilleront pas avant au moins une heure. Guillaume est debout, j'entends le plancher craquer dans la chambre, au-dessus de ma tête. Ses pas dans l'escalier. Il est là, devant moi.

« Ça va ? Tu as pu dormir un peu ?

– Non, je n'ai pas dormi. Mais ça va. Et toi ?

– Pas beaucoup non plus. Tu vas aller chez Philippe ce matin ?

– Oui. On part dès que les enfants seront à l'école.

– Emma, je... Il y a une réunion ce matin au bureau et...

– Ne t'inquiète pas. Tout ira bien. Je vais y aller seule. On va juste parler. Et c'est mieux si tu restes dans le coin, pour Mathilde. Je ne comprends rien à ce qui se passe. Philippe a dit qu'elle était chez lui hier, mais elle n'a toujours pas répondu à mes messages. Tu crois que tu pourrais passer chez elle ce matin ?

– Si tu veux tu peux partir maintenant, il y aura moins de circulation. Il te faudra au moins deux heures pour arriver à Montrouge. Je déposerai les enfants à l'école et j'irai faire un saut chez Mathilde ensuite. Ma réunion ne commence qu'à dix heures.

– Merci. Guillaume ?

– Oui ?

– Je t'aime. Ça va aller. Je monte m'habiller et je file. »

* * *

J'ai roulé dans la campagne, dans le petit matin givré puis, au fur et à mesure que le jour se levait et que je m'approchais de Paris, le voile froid s'est estompé et les couleurs se sont faites plus vives.

Je suis arrivée à Montrouge un peu avant neuf heures. Philippe habite dans un petit immeuble gris et triste et j'ai brusquement envie de faire demi-tour, je voudrais ne pas avoir à le voir. J'ai gardé un certain souvenir de lui et j'imagine qu'il sera changé après quinze ans, surtout s'il est malade. J'ignore de quoi il souffre.

J'appuie sur l'interphone et j'entends presque immédiatement « deuxième étage à droite » suivi du déclic d'ouverture de la porte d'entrée.

L'escalier sombre sent le renfermé, la poussière et le bouillon. Ça sent le *vieux*.

Philippe m'attend sur le palier. Je me fige, incapable de continuer. Il est méconnaissable. On dirait un vieillard. Il est débraillé, négligé, il sent la transpiration à deux mètres. Quel âge a-t-il maintenant ? Cinquante-cinq ? Il en paraît au moins quinze de plus.

« Entre, Emma. Excuse-moi, je viens à peine de me lever. Je vais nous faire du café. »

Il me précède dans un petit salon triste, m'invite à m'asseoir sur le canapé en fin de vie.

« Tu ne m'en veux pas, je garde le fauteuil pour moi, je ne suis pas en grande forme, tu sais, j'ai besoin de confort. »

La cuisine est ouverte sur le salon, Philippe met la bouilloire en route et apporte sur la table deux tasses et un pot de café soluble.

« Philippe, on a beaucoup de choses à se dire mais j'ai besoin de savoir, avant tout : que s'est-il passé avec Mathilde ? Tu as dit qu'elle été venue ici hier ?

– Oui. Elle a quasiment passé la journée ici. On a parlé, beaucoup. Je ne la reverrai plus. On s'est dit adieu.

– Adieu ? Et ta demande de pension, vous en avez parlé ?

– Oui, bien sûr. C'est réglé. On n'en parle plus. Ce n'est pas de ça dont il faut qu'on parle. C'est de la raison pour laquelle je l'ai fait. On a la journée pour ça. Enfin je suppose... Tu n'es pas pressée ?

– Non, je...

– Bien. Parce que j'ai une histoire à te raconter, et toi seule peut m'en raconter la suite. Ou l'inverse peut-être...

– Je ne comprends pas de quoi tu me parles.

– Tu vas vite comprendre, ne t'inquiète pas.

28

« Emma... Tu l'as compris, je ne vais pas bien.

– Qu'est-ce que tu as, au juste ?

– J'ai une sclérose en plaque. Et comme j'ai toujours été chanceux, j'ai aussi un cancer. C'est un peu trop pour une seule personne. Je n'ai plus envie de me battre.

– Tu te soignes ? Tu es suivi pour ça ?

– Oui, bien-sûr. Je vois des médecins, j'ai des traitements... Mais j'en ai marre. Je ne sais plus pourquoi je me bats. En fait si, je sais très bien que je n'ai plus aucune raison de me battre.

– Mais Philippe, tu as bien des amis, non ? Il te reste un peu de famille, une femme peut-être ? Tu ne peux pas dire ce genre de chose...

– Oh si. Et c'est justement à toi que je veux les dire. C'est pour ça que j'avais demandé la pension à Mathilde.

– La pension ? Comment ça ?

– Parce que je savais que ça te ferait venir ici et que tu ne serais jamais venue autrement. Tu es là maintenant, et tu vas m'écouter. C'est tout ce que je te demande. Je n'ai jamais voulu de pension.

– J'imagine que tu dois avoir raison… Je n'avais pas envie de venir. Je n'avais pas envie de te voir. Alors je t'écoute, si c'est si important. »

Philippe se lève péniblement, attrape sur le comptoir de la cuisine un paquet de cigarettes et un cendrier, les pose sur la table basse, entre nous, et se rassoit.

– Quand je t'ai rencontré je suis tombé amoureux de toi, tout de suite. Entre nous c'était simple, évident. Je savais que c'était avec toi que je passerais le reste de ma vie.

– Philippe, je n'ai pas envie d'entendre ça…

– Laisse-moi parler, s'il te plaît. J'ai besoin que tu écoutes ce que j'ai à dire !

– C'était tout sauf serein et évident entre nous.

– Justement ! Tais-toi !

– Comment ça, *tais-toi* ? Je peux partir tout de suite, si tu recommences à me parler comme tu le faisais avant. Je me suis jurée de ne plus jamais accepter ça de personne.

– Excuse-moi. Je voudrais juste te donner mon point de vue sur ce que nous avons vécu.

– Tu t'excuses ? C'est bien la première fois. Je ne dis plus rien. Vas-y, je suis tout ouïe. »

Philippe attrape une cigarette dans le paquet, devant lui et l'allume. Il pousse le paquet dans ma direction. Je préfère prendre l'une des miennes et sors mon paquet de mon sac.

« Je t'aimais plus que tout. Je t'aime encore, d'ailleurs, je ne peux rien y faire, et je sais que tu t'en fous. Le soir où je t'ai surpris avec ce type, tout s'est écroulé. Je sais que tu ne t'en souviens plus, on n'en a jamais reparlé, tu as eu ton accident, et le lendemain tu ne te rappelais plus de rien. Ce fameux soir tu étais tellement bizarre... Tu m'as dit que demain tout irait bien, que tu n'étais pas toi, et que tu oublierais tout ça pour trente ans. Je sais que ça ne fait pas tout à fait trente ans, mais j'ai peur de ne plus être là bientôt. Je voudrais te rafraîchir la mémoire pour que tu comprennes que c'est de ta faute si tout est allé de travers !

– De *ma* faute ? Alors que j'ai subi ton mépris pendant douze ans sans broncher, que je ne comprenais pas pourquoi tu te comportais avec moi de la sorte, mais que je l'acceptais juste parce que j'avais le malheur de t'aimer ? Et tu dis que c'est de ma faute ! Pourquoi tu ne m'en as jamais parlé avant ?

– Parce que j'avais peur de te perdre. Quand j'ai compris que tu ne te souvenais pas de ce qui s'était passé, j'ai préféré ne rien dire. Je ne voulais pas prendre le risque que tu essaies de le retrouver, j'avais peur aussi que tu comprennes que Mathilde n'était pas ma fille. Tu étais là, candide, comme si rien ne s'était passé, mais moi je savais. Je t'en ai voulu. Je t'en ai tellement voulu.

– Et tu me l'as fait payer.

– Oui. Je me suis vengé d'avoir été trompé.

– Tu te rends compte que tu t'es vengé de quelque chose dont je n'avais pas conscience ? Que pour moi c'était juste de la méchanceté gratuite de ta part ?

– Tant pis pour toi. Tu n'avais qu'à pas me faire ce que tu as fait.

– C'est complètement ridicule. Au passage, je t'informe que j'ai retrouvé la mémoire. Ce matin. Ce dont tu parles a bien eu lieu.

– Bien sûr que ça a eu lieu ! Je n'ai pas besoin que tu me le confirmes, j'étais là, je t'ai vue ! »

J'ai senti la colère de Philippe dans les derniers mots qu'il vient de prononcer. Brusquement je me sens à nouveau comme autrefois, petite chose à sa merci, totalement vulnérable, affolée et piégée. Cela ne dure que quelques secondes, ma raison reprend bien vite le dessus : il n'a plus aucun pouvoir sur moi et il le sait. C'est juste un homme qui bouillonne de frustration, et c'est sa propre colère qui l'a rendu comme il est. Ce n'est pas moi. C'est son esprit qui est malade.

Je m'efforce de rester totalement impassible. Il s'apaise puis reprend, plus doucement :

« D'ailleurs, Mathilde aussi savait.

– Mathilde ? Non, elle n'en sait rien du tout.

– Quand elle est venue me voir hier, elle savait beaucoup de choses, détrompe-toi. D'ailleurs elle était aussi bizarre que toi il y a trente ans. Elle m'a dit qu'elle n'était pas ma fille, qu'elle aimait son père et qu'elle ne voulait plus jamais me revoir. Elle m'a aussi dit qu'elle venait du futur et qu'elle ne se souviendrait pas de notre discussion avant un bon moment. Elle est complètement givrée, *ta* fille ! »

Je reste sans voix. Mathilde ? Elle aussi aurait vécu une expérience similaire à la mienne ? Si je n'étais moi-même passée par là, je trouverais ce que dit Philippe totalement grotesque. Mais cela me rassure sur le silence de Mathilde, je ne sais pas de *quand* elle vient, mais je peux comprendre qu'elle n'ait pas souhaité nous croiser, de la même manière que je n'aurais pas su comment me comporter devant mes propres parents.

« Philippe… Elle t'a dit la vérité. Elle n'est pas ta fille.

– Ça je le savais déjà. Depuis le début ! Tu ne t'es jamais posé la question parce que comme tu ne te souvenais de rien, ça ne pouvait être que moi. Mais quand tu as fait ta première échographie, tu sais, celle où ils mesurent l'embryon et te donnent une date de conception, ta grossesse a été daté précisément de pendant ta *perte de mémoire* ! Et que juste avant j'étais à Lyon, et juste après tu étais à l'hôpital ! C'est le mec avec lequel tu m'as trompé qui est son père !

– Oui, en effet. C'est ce *mec*, comme tu dis.

— Et lui, il le sait au moins ?

— Oui, il le sait. Il le savait même bien avant moi.

— Tant mieux. Bien fait. Je n'ai rien dit pour me venger de lui aussi. Il a touché à ma femme : je lui ai pris sa fille. Et je t'ai épousée pour que tu changes de nom et qu'il ne te retrouve pas. Je me suis vengé de vous deux jusqu'à ce que tu me quittes. »

Je sens les larmes me monter aux yeux. Comment a-t-il pu ? Comment la colère peut-elle rendre fou quelqu'un à ce point ? Comment ai-je fait pour ne rien comprendre ?

« Est-ce que tu te rends compte, Philippe, que si tu ne t'étais pas vengé en me traitant comme tu l'as fait, je ne serais peut-être jamais partie ? J'aurais été heureuse avec toi et Mathilde aurait été ta fille ?

— Je m'en fous. C'est trop tard maintenant. Je t'aimais, j'avais rêvé de t'avoir pour moi tout seul, je t'ai toujours été fidèle, jusqu'à aujourd'hui, tu entends, jusqu'à *aujourd'hui* !

— Tu veux dire que tu n'as pas...

— Jamais ! C'est toi que je voulais, personne d'autre ! Et c'est pour ça que tu es ici aujourd'hui, parce que j'avais besoin que tu le saches !

— Et tu m'as fait venir ici en demandant une pension à Mathilde. C'est ça, justement, qui m'a permis de retrouver ma mémoire. Je ne saurais pas trop t'expliquer comment, et d'ailleurs peu importe, mais si tu n'avais pas fait cette demande de pension Mathilde serait probablement ta fille et nous serions toujours mariés. »

– Je ne comprends pas ce que tu me dis.

– Je sais. Moi aussi j'ai eu du mal à comprendre. Mais c'est comme ça. Mathilde t'a dit qu'elle venait du futur, et en quelque sorte c'est ce qui m'est arrivé il y a vingt-huit ans. Ce que tu as vu à l'époque, je l'ai vécu cette nuit. Parce que Mathilde était désemparée de ta demande, elle a dit qu'elle aurait souhaité que mon mari, qui s'en est toujours occupé comme si elle était la sienne, soit son père au lieu de toi. Alors, je ne sais comment, je suis repartie en arrière pour faire en sorte que tu ne le sois pas et exaucer son voeu. Quand tu nous as agressés, Guillaume et moi, quand tu as provoqué mon accident, j'étais celle que je suis aujourd'hui. Quand j'ai repris connaissance le lendemain à l'hôpital, j'étais redevenue *Emma* de dix-neuf ans, celle qui t'aimait et n'avait aucun souvenir des deux jours précédents. »

Philippe ne dit plus rien. Il allume une nouvelle cigarette, il pleure. De légers soubresauts agitent ses épaules. Puis tout doucement, sans même lever les yeux, il murmure :

« Va-t-en maintenant. »

Epilogue

29

J'ai fui. J'ai fui sans un mot de l'appartement de Philippe comme je l'ai fait ce tout premier matin d'il y a si longtemps, et comme je l'ai fait, définitivement, il y a quinze ans.

Je n'avais pas envie de remonter tout de suite dans ma voiture, j'ai erré à pieds dans la banlieue triste. J'ai bu un café au comptoir, je suis entrée dans une librairie où j'ai acheté deux livres. Je n'ai pas appelé Guillaume, je n'ai pas appelé Mathilde. J'avais besoin d'être seule encore un moment.

Puis j'ai enfin repris la route vers notre maison de Champagne. Il faisait déjà nuit à mon arrivée, les petits regardaient un dessin animé tandis que Guillaume s'affairait dans la cuisine. Mathilde était là aussi.

« Bonsoir, ma chérie, je suis contente de te voir. On s'est un peu inquiétés, tu sais.

– Oh Maman ! Je ne comprends rien, moi aussi je suis inquiète. Je me suis endormie hier soir ici et je me suis réveillée ce matin chez moi. Impossible de me souvenir de quoi que ce soit entre les deux !

– Avant-hier soir, Mathilde. Tu t'es endormie ici avant-hier soir. Mais avant tout je veux que tu saches que le problème de la pension est réglé. Philippe y renonce.

– Il laisse tomber ? Il a changé d'avis ? Et tu veux dire que je ne sais pas ce que j'ai fait pendant toute une journée !?

– Crois-moi si tu peux, mais ce temps-là n'est pas perdu. Tu l'as juste mis de côté parce que tu en auras besoin plus tard. Et tu feras exactement ce que tu seras censée faire. Passons à table maintenant, je suis fatiguée et j'ai faim. Et je sais, juste à l'odeur, que Papa nous a gâtés. »

FIN

Table des matières

Prologue 11
1 13
2 17
Premier jour..23
3 25
4 27
5 33
6 39
7 45
8 55
9 59
10 65
11 73
12 79
Deuxième jour 83
13 85
14 93
15 99
16 105
17 109

18	115
19	123
20	133
Troisième jour	139
21	141
22	145
23	151
24	157
25	161
26	167
Quatrième jour	171
27	173
28	177
Épilogue	185
29	187